春芽工程系列

U0147410

中国婴幼儿身心成长指南

13~36个月篇

中国关心下一代工作委员会专家委员会 编写

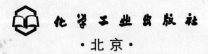
化学工业出版社
·北京·

本书为"春芽工程系列"图书中的一册，为中国婴幼儿身心成长指南：13～36个月篇。

本书丰富翔实的内容为新手父母和即将成为父母的读者提供关于13～36个月宝宝养育的各种问题的最权威、最全面的解决方案，本书所介绍的宝宝发育特点和养护方式都是从中国宝宝的实际情况出发的。

图书在版编目（CIP）数据

中国婴幼儿身心成长指南：13～36个月篇/中国关心下一代工作委员会专家委员会编写. —北京：化学工业出版社，2011.6

（春芽工程系列）

ISBN 978-7-122-11191-3

Ⅰ. 中… Ⅱ. 中… Ⅲ.①妊娠期-妇幼保健-基本知识②分娩-基本知识③幼儿-哺育-基本知识

Ⅳ.①R715.3②R714.3③R174

中国版本图书馆CIP数据核字（2011）第078324号

责任编辑：肖志明　　　　　　　　装帧设计：尹琳琳
责任校对：宋　玮

出版发行：化学工业出版社（北京市东城区青年湖南街13号　邮政编码100011）
印　　装：化学工业出版社印刷厂
710mm×1000mm　1/16　印张12¼　字数149千字
2011年8月北京第1版第1次印刷

购书咨询：010-64518888（传真：010-64519686）　售后服务：010-64518899
网　　址：http://www.cip.com.cn
凡购买本书，如有缺损质量问题，本社销售中心负责调换。

定　　价：30.00元　　　　　　　　　　　版权所有　违者必究

每小时我国有2000名新生儿诞生。过去，一直以为新生儿是无所作为的，父母只要尽心喂养即可，而教育对这一年龄的孩子并没有什么重要意义。但这一观点已被近二十年来的科学研究成果所否定。其实，喂养、教育等各种教养方式，对于孩子来说是一段综合性历程，它承载着传授知识、培训技能、发现潜能及促进身心全面发展的重任。研究证明，在生命的最初阶段，感知觉系统正在迅速发展，并在比运动系统更发达的层次上发挥其机能。婴儿正是通过运动模式和感觉经验，在与特定的环境事件的联系中进行辨认学习，表现出他们特有的感觉运动智能，而且早期的经验对其一生的发展将产生重要影响。

近年来，婴幼儿早期教养的重要性越来越被国家、社会和家庭所重视。我国政府制定了2020年教育发展规划，号召全社会为造就高素质人才而努力。随着国民经济的提高，社会和家庭对婴幼儿教养的需求也与日俱增。尤其是孩子的营养、喂养得到极大提高，还有越来越多的家长认识到了早教对孩子发展的重要性，全国掀起了一股早教热潮。从1998年开始掀起的早教热潮，在这几年尤为兴盛。婴幼儿期是身心健康发展、形成良好个性、培养行为习惯的关键期，将决定日后成长的众多重要方面，也决定了中国下一代的素质。因而教育在早期即向0～3岁婴幼儿延伸具有重要的战略意义。

遗憾的是，我们发现两类家长大量存在。一类是不懂也不管孩子教养的家长，他们主要是来自农村的年轻父母，没有早期教养的意识。他们的父辈用传统的方法教养他们，现在时代发展了，他们却依然用最传统的方式养育自己的下一代。另一类是过分重视孩子教养的家长，他们多半是在城市生活和工作的父母，一心想让孩子赢在起跑线上，拔苗助长、过度教养造成孩子超负荷所带来的各种隐患。

在中国，城市与农村存在着一定的经济差别，但是人们并不希望看到在教养上也存在着这种差距。应该做到让农村与城市的孩子有着公平的机遇。要做到这点，新的任务正摆在我们面前：0～3岁婴幼儿教养实践亟须科学理论的支持，又亟须合理实证的支撑，还需要积极在城乡推广。一句话，需要适合中国国情的婴幼儿教养方法。

究竟应该如何合理教育、科学喂养0～3岁的孩子？

从生理、心理发展来看，从出生到3岁的婴幼儿正处于大脑重量的快速增长时段，大脑的构型与身体各部分功能的有机联系正在缜密增强和完善，尤其是功能方面向高层次及更深空间发展。在此阶段儿童在感觉、运动以及与此有关的技能掌握和进展方面都有明显的提高。在此基础上所反映出来的大脑综合功能的有序性发展已有相应的、可快速测查的客观标志。这些都为婴幼儿体能及心理的良好发展创建了必要的条件。而且，这个阶段脑和中枢神经系统的增长及功能的实现远较身体其他部位更快和更完善，从而为创建以中枢神经－内分泌系统为中心导向的生理代谢模式提供必要条件。因而为满足婴幼儿身心全面健康发展的需要，必须为其提供和创建必要的环境条件，科学合理喂养及适龄保健就是其中的重要基础。

胎儿自出生直至幼儿期经历从流食到固体食物喂养等阶段，这段自然发展时段有其内在的因素和规律，如唾液腺及胃肠道腺体的发育，出牙，肝、胆、胰腺功能的成熟，肠道良性微生态的建立和机体内环境的稳定等。遵循这个规律创建条件结合儿童具体情况进行合理喂养及保健就可取得事半功倍的实效。为大脑及中枢神经系统的发展及功能成熟，协调和处理好这段时期的喂养、膳食调理工作以及维护能量及营养素供求间的稳定、平衡关系，是婴幼儿才智运用、健康发展及拓展潜能的关键所在。

胎儿出生后即通过自身感觉器官感受所获得的信息，在经过脑-中枢神经相应部位接收、整理、分析、投射至相关功能区并经过网络统合后，在已经取得的生活经验基础上，对所获得的信息进行搜寻、对比，以找出过去环境中是否有同样的人或物体（或类似主体）的信息（刺激）记录，做出或不做出是否熟悉这一信息的相应反应。这种反应和应答也是在形体发育及运动发展过程中所获得经验的基础上作出的。所有这一切都与这一时期大脑的快速增长和功能进一步成熟有密切关系，这种与环境交往、互动并借此增进认知、累积经验的过程被广义地理解为教育过程，根据婴幼儿生理特点而设计并开展的教育也就是早期教育。接受教育是新生儿与生俱来的本能，科学合理的早期教育则是充实智慧、开启儿童潜能的重要途径。这也是中国关心下一代工作委员会专家委员会编写"春芽工程系列"丛书的期望。

我们希望通过本丛书，为社会公众建立一套可依循的跨学科的、全面的、客观的婴幼儿教养理论，建立一套易于操作实践的科学方法。在全社会的关心下，让婴幼儿健康快乐地成长，成为身心全面发展有益于社会、为国家创立功勋的人才。

本丛书具备如下特点。

1. 让父母在实践中体会教养理论及其运用。关于0~3岁婴幼儿早期教养理论与实践的研究国家早已列入日程，它迫切需要解决的问题是将科学成果通过教育和实践转化为城乡居民自己的行为。为此，我们在书中提供了较多的实践操作指导，如婴儿的抚触、婴幼儿早期发展的自我评价等。

2. 严谨科学的态度让家长有据可依。我们在本丛书中引用了大量的数据和图表，严谨的数据及图表便于家长很好地操作和比对应用。这些数据都是我们在多种标准的数据中精心选择的，为了这些数据，专家委员会经过严谨的专题会议研讨。例如，为读者提供不同喂养方式下（母乳喂养及不确定喂养）婴幼儿各自参照应用的标准，以及为便于家长对营养失衡婴幼儿的营养健康状态做出一次性直接判读，借以区分及评价体重低下、发育迟缓、肥胖及消瘦等状况的相应数值。尤其是关于婴幼儿心理发展的评价，按照月龄结合中国婴幼儿特点详尽地做出判断的依据，为家庭自我评价提供适合我国儿童的可靠参数。

3. 跨学科的科学教养指导手册。中国关心下一代工作委员会专家委员会和儿童发展研究中心组织了来自保健、医疗、心理、营养、法律等各行各业的从事并关注下一代健康发展的优秀资深专家，专家们就各自的专业所长，以月龄为基础就婴幼儿整体发展态势，在形体增长、智能发展、营养保健等多方面讲述该月龄的特点及应注意事项，使读者获得该婴幼儿作为一个完整个体的全面综合的知识信息。

本书在编写过程中得到中国关心下一代工作委员会组织指导。参加本书编写工作的除编委会的各位专家外，还有：车廷菲、张静、牟龙、楼晓悦、强燕平、李微、何丹、丰怡欣、刘玲玲、赵献荣等老师，借此机会，谨致以诚挚谢意。

中国关心下一代工作委员会专家委员会
2011年夏

第一章　13～36个月　　1

第二章　13～15个月　　18

第三章　16～18个月　　44

第四章 19～21个月 67

第五章　22～24个月　　87

第七章　2岁7个月~3岁　　140

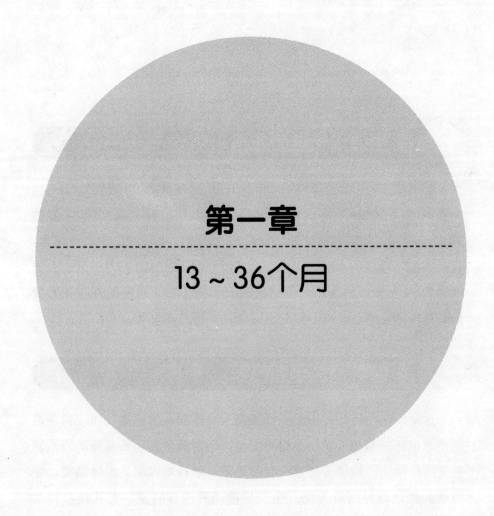

第一章

13～36个月

13～36个月幼儿生理发育特点

 ## 形体增长速度减慢

幼儿在13～24个月的一年内，男童体重平均增加2.7千克，女童平均增加2.8千克，增值较第一年为低，约为第一年增值的38%～42%。全年男童身长增加约12.9厘米，女童增加约13.1厘米，约为第一年增值的46%～48%。全年男童头围增加约1.9厘米，女童增加约2.1厘米，约为第一年增值的15%～18%。表明幼儿在此月龄期间形体增长率已较第一年明显减缓，头围尤其显著。

 ## 营养供需矛盾凸显

这阶段幼儿活动范围及活动强度大大增加，对能量及相应营养素的需求也随之增加；而幼儿胃容量小，但为满足其生长发育所需的营养素的数量大，致使消化系统负荷过重，以致难以满足机体需要。使得换乳期这段时间成为幼儿生长的波动和滞长时期，尤其是农村幼儿，其身长、体重都落后于世界卫生组织的参考标准；生长曲线呈现马鞍形。其重要原因是这个时段幼儿的辅食的质与量、主副食搭配、膳食结构及进食习惯都未能达到预期目标，同时也因幼儿营养健康状况不甚理想，易患疾病，从而影响了正常生长。在大中型城市中还有过度喂养的问题，导致幼儿超重乃至肥胖。因而，营养不良和肥胖是幼儿营养失衡的两个偏离健康标准的重要问题，使存在亚健康状况的幼儿比例增大。

 ## 喂养模式更替的重要时段

辅食添加和断离母乳换用其他乳品是这个时段的重要生理转换过程，正确适时添加辅食和合理喂养是幼儿健康生长的基本保证。而家长的期望与幼儿进食心理、进食行为乃至与家长的互动往往不能适应幼儿的生理要求，因而容易发生身体的和心理的各种疾病。

1. 完善辅食摄入量及合理配置食物

生长发育需求及活动范围、活动量的增大是幼儿消化、吸收代谢等功能适应性调整及膳食模式改变的原动力。这阶段的幼儿，其消化系统功能逐渐完善，如1岁左右的婴儿通常都已萌出6～8颗切牙（门齿），随着磨牙、尖牙先后长出，幼儿1岁半时可有12～14颗牙，到2岁时共有乳牙16～20颗。同时消化系统的唾液腺、胃、胰、胆、肠腺体功能逐渐成熟，初步具备消化吸收食物营养的功能，从而可以在原添加辅食的基础上，将每种辅食的量由少量逐渐增加到适合其生长所需的量，同时合理搭配每餐主副食用量，为过渡到幼儿平衡膳食打好基础。

2. 断离母乳及换用动物性乳品

（1）对母乳喂养儿，在逐渐断离母乳过程中，用适量牛乳或其他乳制品替换母乳。

（2）对人工喂养儿，逐渐减少原来乳品用量而以其他辅食替换。

（3）宝宝适应换用的牛乳或其他乳品后，终生不应再断离乳品。

预防疾病

（1）由于消化道负荷较重、功能不稳定，随着食物质和量的变动，幼儿容易发生消化道功能紊乱而致食欲缺乏、消化不良、腹泻等情况。

（2）在换乳期，肠道菌群中益生菌株逐渐减少，肠道免疫功能降低，易致肠道感染性疾患。

（3）除消化系统疾患外，由于喂养不当、营养失调，容易发生佝偻病、贫血及其他微量营养素缺乏所致的疾患。应定期接受保健部门的监测及指导，及早预防亚健康状况。

（4）幼儿自身免疫系统功能正在成熟和完善，但还不能完全抗拒环境、膳食、亚健康等带来的致病风险，幼儿本身的易感性也较高。

培养良好进食习惯及锻炼生活自理能力

（1）在这个年龄段，幼儿开始学习说话以表达自己的愿望，并可从家长的语言环境、表情、态度及肢体语言或姿势大略了解家长的意思。在餐前准备时，可以告诉孩子停止游戏、收拾玩具、帮助家长准备餐具等，同时也准备自己的餐位，然后用肥皂洗手后冲洗干净，准备吃饭。

（2）引导宝宝对就餐的注意及兴趣，调整好就餐前的情绪，专心吃饭。这个年龄段宝宝的手已逐渐灵活起来，可以自己端着杯子喝水和使用汤匙了；已经长出16～20颗乳牙，通过进食可掌握咀嚼技巧，并促进颌面部正常发育。宝宝可以与爸爸妈妈一块用餐，发育早一点的宝宝会使用筷子了，但大多数宝宝还是使用勺子。宝宝自己吃饭能把握自己进食速度，选择自己喜爱的食物，使宝宝觉得吃饭是一种享受而不是为完成一项任务。

家长要安排好早、午、晚三餐及餐间的两次点心，养成宝宝饮食定时定量、细嚼慢咽的习惯，避免挑食、偏食、无节制吃零食的现象；并逐渐向幼儿的平衡膳食结构过渡。

　　（3）当好楷模。宝宝的许多饮食习惯是模仿而来的，父母是孩子良好饮食习惯的榜样。期望宝宝做什么，家长自己首先要这样做。

幼儿平衡膳食

已经具备实施儿童平衡膳食的基础

　　婴儿经历母乳喂养或人工喂养4～6个月，消化系统在适应乳类食物的基础上，在中枢神经系统统合下建立了自身的代谢模式。通过逐渐添加辅食，到10～12个月龄时所添加辅食的种类应达到平衡膳食所要求的品种多样化的雏形结构，或已达20～25种，但通常摄入量并未能达到推荐量水平，也就是处于乳类加辅食，以乳为主混合膳食的换乳期。而旺盛的生长发育需要能量及多种营养素的量化配比的支持，这是维护幼儿营养健康的必备基础。要达到这样的目的，只有进一步建立平衡膳食才能满足幼儿生长发育及增大活动量的需求，并为进入幼儿园过集体生活做好准备。

平衡膳食

1. 什么是幼儿平衡膳食

　　平衡膳食是指为幼儿配置的日常膳食中，各类食物中所含营养素在种类和数量方面的平衡。幼儿平衡膳食由多种食物构成，它不但能提供足够数量的各种营养素和相应的能量以满足机体正常的需要，而且还能保持各种营养素之间的数量相对的平衡，以利于它们在人体内的吸收和利用，达到合理营养及较高生物利用效果的目的。

2. 为什么要为幼儿构建膳食平衡

各种食物所含营养素不可能完全相同,各有不同的属性,在组成膳食后,彼此之间又起着相互制约、相互补充的作用。只有同时进食种类齐全、比例适当的混合食物,才能以适量的营养素获得最大的生物利用效果,也只有通过平衡膳食这种合理的膳食结构,才可防止幼儿发生营养不良或营养过剩,并取得保健防病的效果。

3. 制定及实施平衡膳食的基本要素

(1) 品种多样

人体从日常膳食中获取能量、营养素以及能促进健康的各种活性物质。如:动物性食物和豆类是优质蛋白质的主要来源,供人体构建及修复自身的组织;谷类、薯类、油脂类和食糖是能量的主要来源;蔬菜(尤其是绿叶菜和橙黄色蔬菜)和水果是维生素和无机盐的主要来源;肝类、奶类和蛋类是维生素A的主要来源,蔬菜、水果是维生素C原——胡萝卜素的主要来源;肝类、瘦肉和动物血则是血红素铁的主要来源。因此,只有将多种食物合理地搭配起来,使其比例适当,并同时进食,才能取长补短,达到合理营养的目的。目前认为,幼儿膳食主副食的品种数每天应达到25～30种。

(2) 比例适当

为满足生长发育的需要,幼儿机体对各种营养素的需求量必须有一定的比例。由于摄入人体内的各种营养素之间存在着相互配合与相互制约的关系,如果不能保持营养素间的协调及平衡,不能保持各种营养物质的分量匹配,机体的正常功能就会受到影响。例如,动物性食物(肉禽鱼类等)在体内代谢的最终产物呈酸性,被称为"酸性食物",蔬菜和水果、豆类、牛奶等在体内代谢的最终产物呈碱性,被称为"碱性食物"。一个健康的人,其体液呈弱碱性(血液pH为7.35～7.45)。这个稳定的内环境非常重要,机体在此适宜的基础上才能发挥最高的工作效能，即：工作劳动耐力增强，身体抗病免疫力最强，才不容易生病。幼儿体内协调酸碱平衡的功能相对较低，更应该重视幼儿的膳食营养的合理及平衡。经常爱吃肉、不爱吃菜的宝宝容易生病，这在一定程度上与此有关。为维持幼儿体内酸碱平衡，就要引导宝宝不偏食，鼓励其无挑选地吃菜，尤其要保证每天的食物中都有定量的蔬菜。

由食物提供的热能也应有一定的比例，如蛋白质、脂肪、碳水化合物这三大产热营养素的适宜比例应该是1∶2.5∶4～5，即蛋白质产热量应占一日总热量的12%～14%（婴儿可达15%），脂肪产热量应占一日总热量的25%～30%（新生儿～6个月龄婴儿为45%、7～12个月龄婴儿为30%～40%），碳水化合物的产热量占一日总热量的55%～63%（婴儿为50%）。生理学提示，只有在碳水化合物和脂肪充分供热的前提下，才能保证蛋白质不被转化为热能消耗掉，从而才能保证蛋白质可以充分用于生长和修补组织等，这叫碳水化合物和脂肪对蛋白质的保护作用。在日常生活中，常由于父母上班忙，宝宝不能吃饱早饭，或喝一碗牛奶吃一个鸡蛋而早餐并不怎么吃粮食。这样，每天早餐虽然蛋白质吃得不少，但摄入的蛋白质不得不转化为热能去应付一上午的活动需要，而生长发育和新陈代谢中的细胞需要更新换代却没有储备的蛋白质去修补。时间一长，自然会影响宝宝的健康。

要合理发挥食物热能的生理功能，首先应知道不同年龄幼儿每日所需的总能量，以及家庭在制定幼儿餐饮时各餐食物的热能分配量。中国营养学会关于幼儿的每日能量推荐量为：1岁男童1100千卡、女童1050千卡；2岁男童1200千卡、女童1150千卡；3岁男童1350千卡、女童1300千卡。对1～3岁幼儿各餐热能分配比为：早餐25%，午餐35%，下午小食品10%，晚餐30%。

食物所含营养素彼此之间的相对比例应当合理。因为幼儿体内缺乏某种微量元素，往往是由于摄入另一种微量元素过量造成的。一种微量元素的大量摄入，就会干扰另一种微量元素的利用，因此，过量地摄取任何一种营养素都对健康不利。无机盐被机体吸收的难易，部分取决于它们之间的比例，例如食物中钙与磷对人体吸收的合适比例应是1∶1.5（婴儿是1∶1）。又如锌摄取量过多时，可导致铜的吸收率下降，铜缺乏则会造成铁代谢紊乱，从而发生缺铁性贫血。

（3）饮食定量

为幼儿安排的膳食，家长一定要有"量"的概念，不仅要关心宝宝到底吃了多少，重要的是所食用的量必须在安全范围内。当实际摄入量处在推荐摄入量与可耐受最高摄入量之间时，一般不会发生缺乏也不致发生中毒。当摄入量超过可耐受最高摄入量水平并继续增加时，则发生中毒的概率将随之增加。

以脂肪为例，脂肪是脂溶性维生素的良好溶剂，既能供热又能保护脏器，但无论是动物性脂肪或植物油，无论是饱和脂肪酸或是不饱和脂肪酸，凡是过量摄食，都有造成血清胆固醇增高、肥胖和增加癌发病率的可能。而儿童脂肪的摄入量又与年龄密切相关，2002年中国营养学会建议脂肪所提供的能量是：半岁以内婴儿占总能量的45%～50%，6～12月龄婴儿占35%～40%，2～6岁占30%～35%，7～18岁占25%～30%，孕妇和乳母不应超过30%。作为家庭烹调用油，1～3岁幼儿每人每天食油的总摄入量为10～15克；烹调用的动物性脂肪与植物油的使用比例最好是1∶3。主要是因为动物性脂肪含饱和脂肪酸较多，熔点高，不容易被人体吸收；植物油含不饱和脂肪酸较多，熔点低、容易被人体吸收；重要的是不饱和脂肪酸含有较高的功能成分。

婴幼儿不宜吃过咸的汤和菜，以防钠元素超过安全量。每人每日钠摄入量应是：半岁以内婴儿200毫克，6～12月龄婴儿500毫克，1～4岁幼儿650毫克。以上所列钠量可按下式换算成食盐量，即：1克食盐含钠400毫克，一茶匙食盐约重2克。1～4岁幼儿每日食盐用量为1～1.5克。

婴幼儿也不宜吃过甜的点心及糖果等，建议婴幼儿每日不超过15

克食糖（包括红糖、白糖、糖果及饮料中的糖分）。

（4）调配得当

对我国几个大城市进行居民膳食营养调查的结果表明：近年来，由于生活方式变化及食肉量增加，成人各种"文明病"的发病率亦随之增高；恶性肿瘤、脑血管疾病和心血管疾病成为三大致死病因。日本提倡以鱼类和豆类作为主要副食，并大量食用动物蛋白质，结果人体素质和寿命均超越英、美，居世界领先地位。根据我国2002年营养普查结果：儿童在钙、维生素A、胡萝卜素和维生素B_2的摄入量方面均低于推荐量标准，不少儿童患缺铁性贫血、锌缺乏、口角炎、舌炎及佝偻病等。主要原因是膳食模式未能随着国家经济发展而同步改进，由于食物结构不合理，虽然大部分家庭膳食由植物性食物构成，但调配失当却相当普遍。

结合我国国情，既不能学西方欧美国家膳食以肉、蛋、奶为主，也不能停留在我国现有的膳食结构水平上，儿童膳食的主副食品种每天应有25～30种。并应做到以下五个搭配：

① 动物性食物与植物性食物搭配；

② 荤菜与素菜搭配（每餐有荤菜也有素菜）；

③ 粗粮与细粮搭配（每天有细粮也有粗粮，大约7：3）；

④ 干、稀搭配（早、午、晚餐有饭，也有汤）；

⑤ 咸、甜搭配（儿童以低盐、少食甜食为佳）。

除注意以上搭配外，每周吃1～2次猪肝、鱼类或禽类，每周吃2～3次海带、紫菜、黑木耳等菌藻类食物，每天有豆制品，另外含钙、铁丰富的芝麻酱应该经常食用。这样搭配，谷类、豆类、肉类、蛋类、奶类、蔬菜和水果类、食糖和油脂类都有，各种营养齐备，膳食营养也就易于达到平衡，可以满足儿童生长发育的需要和维护健康。

此外，蔬菜与豆类搭配可取得更高的营养及功能效果。如选择富含促进肠道益生菌生长因子的番茄、豆芽、胡萝卜、木瓜、南瓜和深绿色叶菜等新鲜果蔬，和豆类搭配或补充大豆蛋白，均有利于肠道内益生菌群的增殖，提高消化道防病、抗病能力。

4. 平衡膳食在家庭中的应用

为便于了解，我国营养学会将日常膳食中各种类别的食物按其功能不同予以分类呈列，并标明儿童用量范围，用宝塔形式予以陈述，以便于家长参考应用。建议中的平衡膳食宝塔共分五个部分，各部分分别列出每天所应进食的食物类别。宝塔各部分的位置和体积有所不同，形象地反映出各类食物在膳食中的位置和相应的比例。各类食物的摄食量在成人是相对稳定的，而对于儿童，可因其年龄不同，摄食各类食品的数量会有较大的差别。因而在各部分中所注明的数量是指同类食物可互相换用的相对量，而不是指某一种具体食品的重量。

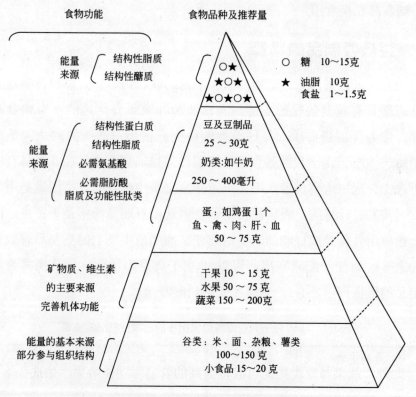

图1-1　1～3岁幼儿平衡膳食种类及用量膳食宝塔示意图

11

宝塔顶端的部分是提供能量的食物，包括糖和油脂类，两者也是人体结构性物质的重要来源。宝塔向下的第二部分及第三部分是提供组成机体各组织、脏器蛋白质、脂质的来源，是必需氨基酸、必需脂肪酸的来源，是功能性肽类及脂质的来源，也是能量的来源。再向下的第四部分是矿物质和维生素的主要来源，也是完善机体功能的重要生理活性物质的来源。最下部分包含为机体提供能量的最主要的物质，部分是具有生物活性的功能性物质，并参与机体组织结构的组成。

按中国营养学会建议，1～3岁幼儿每日所需能量，男童为1100～1350千卡，女童为1050～1300千卡。将所需营养素转换成日常食物的量，可参见平衡膳食宝塔的说明，图中所标明的重量是1～3岁幼儿全日食物推荐摄入量范围，在此范围内可用同类食物中不同食品互换食用。

5. 豆及豆制品的换算

大豆富含蛋白质、植物油脂和丰富的铁、钙等；大豆异黄酮及大豆磷脂具有重要的保健功能，应该成为儿童膳食优选的重要副食品种。作为优质蛋白质，每日摄食的豆类应占蛋白质所提供总能量的30%～50%。由于我国膳食结构及居民习惯，豆类食品在儿童膳食中所占比分远未达到合理水平。上述膳食宝塔中推荐的豆类用量是用干大（黄）豆计算的，而居民日常膳食多选用豆制品而不是干黄豆，因而在应用并转换成豆制品时不很方便；而当前市场上的豆制品有数百种之多，为便于配膳应用，现以50克干黄豆为基数，将其换算为豆制品的重量列于表1-1，以供家长应用时参考。

表1-1　与50克干大豆营养价值相等的日常豆制品的重量

食物名称	重量/克	食物名称	重量/克
大豆	50	腐竹	44
青豆或黑豆	50	北豆腐	150～200

食物名称	重量/克	食物名称	重量/克
豆粉	50	五香豆豉、千张或豆腐丝	75
豇豆或红小豆	78	南豆腐	250～300
膨化豆粕（大豆蛋白）	50	豆腐干、熏干、豆腐泡	100
		内酯豆腐（盒装）	350
豌豆、绿豆或芸豆	70	素肝尖、素火腿、素鸡、素什锦	125
蚕豆（炸、烤）	63	豆奶、酸豆奶	750～800
		豆浆	800～1000

日常蔬菜、瓜类食物

各地区有许多蔬菜品种，包括嫩茎、叶、花菜类，根茎类、瓜果类、鲜豆类、鲜蘑类及叶菜类等品种。为便于家长查阅其相应营养成分，特将家庭日常食用蔬菜列于表1-2，供家长应用参考。

表1-2　蔬瓜果菜菌藻类食物营养成分表　（每百克可食营养成分）

蔬菜瓜果菌藻类	水分/克	能量/千卡	蛋白质/克	脂肪/克	碳水化合物/克	膳食纤维/克	维生素A/微克	胡萝卜素/微克	维生素B$_2$/毫克	维生素C/毫克	钙/毫克	铁/毫克	锌/毫克	硒/微克
生菜	95.8	13	1.3	0.3	2.0	0.7	298	1790	0.06	13	34	0.9	0.27	1.15
油麦菜	95.7	15	1.4	0.4	2.1	0.6	60	360	0.10	20	70	1.2	0.43	1.55
莴笋	95.5	14	1.0	0.1	2.8	0.6	25	150	0.02	4	23	0.9	0.33	0.54
大白菜	94.6	17	1.5	0.1	3.2	0.8	20	120	0.05	31	50	0.7	0.38	0.49
芥菜	94.6	14	1.8	0.4	2.0	1.2	283	1700	0.11	72	28	1.0	0.41	0.53

中国婴幼儿身心成长指南 13~36个月篇

蔬菜瓜果菌藻类	水分/克	能量/千卡	蛋白质/克	脂肪/克	碳水化合物/克	膳食纤维/克	维生素A/微克	胡萝卜素/微克	维生素B_2/毫克	维生素C/毫克	钙/毫克	铁/毫克	锌/毫克	硒/微克
芹菜	94.2	14	0.8	0.1	3.9	1.4	10	60	0.08	12	48	0.8	0.46	0.47
瓢儿白	94.1	15	1.7	0.2	3.2	1.6	200	1200	0.03	10	59	1.8	0.54	3.40
圆白菜	93.2	22	1.5	0.2	4.6	1.0	12	70	0.03	40	49	0.6	0.25	0.96
柿子椒	93.0	22	1.0	0.2	5.4	1.4	57	340	0.03	72	14	0.8	0.19	0.38
茼蒿	93.0	21	1.9	0.3	3.9	1.6	252	1510	0.09	18	73	2.5	0.35	0.60
油菜	92.9	23	1.8	0.5	3.8	1.1	103	620	0.11	36	108	1.2	0.33	0.79
油菜薹	92.4	20	3.2	0.4	3.0	2.0	90	540	0.07	65	156	2.8	0.72	0.82
木耳菜	92.8	20	1.6	0.3	4.3	1.5	337	2020	0.06	34	166	3.2	0.32	2.60
菜花	92.4	24	2.1	0.2	4.6	1.2	5	30	0.08	61	23	1.1	0.38	0.73
茭白	92.2	23	1.2	0.2	5.9	1.9	5	30	0.03	5	4	0.4	0.33	0.45
白菜薹	91.3	25	2.8	0.5	4.0	1.7	160	960	0.09	44	96	2.8	0.87	6.68
菠菜	91.2	24	2.6	0.3	4.5	1.7	487	2920	0.11	32	66	2.9	0.83	0.97
小茴香	91.2	24	2.5	0.4	4.2	1.6	402	2410	0.09	26	154	1.2	0.73	0.77
红菜薹	91.1	41	2.9	2.5	2.7	0.9	13	80	0.04	57	26	2.5	0.90	8.43
荠菜	90.6	27	2.9	0.4	4.7	1.7	432	2590	0.15	43	294	5.4	0.68	0.51
西兰花	90.3	33	4.1	0.6	4.3	1.6	1202	7210	0.13	51	67	1.0	0.78	0.70
红苋菜	88.8	31	2.8	0.4	5.9	1.8	248	1490	0.10	30	178	2.9	0.70	0.09
韭菜	91.8	26	2.4	0.4	4.6	1.4	235	1410	0.09	24	42	1.6	0.43	1.38
洋葱	89.2	39	1.1	0.2	9.0	0.9	3	20	0.03	8	24	0.6	0.23	0.92
绿豆芽	94.6	16	2.1	0.1	2.9	0.8	3	20	0.06	6	9	0.6	0.35	0.50
茄子	93.4	21	1.1	0.2	4.9	1.3	8	50	0.04	5	24	0.5	0.23	0.48
西红柿	94.4	19	0.9	0.2	4.0	0.5	92	550	0.03	19	10	0.4	0.13	0.15
藕	80.5	70	1.9	0.2	16.4	1.2	3	20	0.03	44	39	1.4	0.23	0.39
葫芦	95.7	15	0.7	0.1	3.5	0.8	7	40	0.01	11	16	0.4	0.14	0.49
西葫芦	94.9	18	0.8	0.2	3.8	0.6	5	30	0.03	6	15	0.3	0.12	0.28
瓠子	92.2	27	0.7	0.1	6.8	0.9	163	980	0.06	29	49	—	0.56	4.40
冬瓜	96.0	11	0.4	0.2	2.6	0.7	13	80	0.01	18	19	0.2	0.07	0.22
黄瓜	95.8	15	0.8	0.2	2.9	0.5	15	90	0.03	9	24	0.5	0.18	0.38

蔬菜瓜果菌藻类	水分/克	能量/千卡	蛋白质/克	脂肪/克	碳水化合物/克	膳食纤维/克	维生素A/微克	胡萝卜素/微克	维生素B₂/毫克	维生素C/毫克	钙/毫克	铁/毫克	锌/毫克	硒/微克
苦瓜	93.4	19	1.0	0.1	4.9	1.4	17	100	0.03	56	14	0.7	0.36	0.36
南瓜	93.5	22	0.7	0.1	5.3	0.8	148	890	0.04	8	16	0.4	0.14	0.46
丝瓜	94.3	20	1.0	0.2	4.2	0.6	15	90	0.04	5	14	0.4	0.21	0.86
草菇	92.3	23	2.7	0.2	4.3	1.6	—	—	0.34	—	5	1.1	0.33	0.90
鲜蘑菇	92.4	20	2.7	0.1	4.1	2.1	2	10	0.08	2	6	1.2	0.92	0.55
白牛肝菌	90.2	32	4.0	0.4	4.5	0.4	—	—	1.11	—	5	2.1	0.98	0.25
香菇	91.7	19	2.2	0.3	5.2	3.3	—	—	0.08	1	2	0.3	0.66	2.58
水发黑木耳	91.8	21	1.5	0.2	6.0	2.6	3	20	0.05	1	34	5.5	0.53	0.46
海带	94.4	12	1.2	0.1	2.1	0.5	—	—	0.15	—	46	0.9	0.16	9.54
紫菜（干）	12.7	207	26.7	1.1	44.1	21.6	228	1370	1.02	2	264	54.9	2.47	7.22

注：本表摘自《中国食物成分表》2002、2004 版。

增强婴幼儿体质的基石——平衡膳食与体育锻炼

　　婴幼儿全身各脏器、各系统正处在身体与功能发育的重要阶段，在平衡膳食支持下，必需的维护健康的条件是体育锻炼和运动。这个年龄段幼儿的大运动及精细运动能力已经可以接受合理锻炼。可在基准水平上开拓反应能力、增进免疫功能、提高应激潜力。

　　对于婴幼儿来说，从出生后就开始的对其肌肤触抚、按摩、被动肢体动作和同时进行的母子肌肤、眼神、动作、语言的交流及互动，都是有效的促进婴幼儿身心全面发展的积极活动。这些正面引导性活动的效果是渐进的、全面整合的过程，也是婴幼儿运用经验、提高技能并提升为智能发展的过程。这些活动以被动运动为主，主动动作很少。待到侧卧、翻滚、扶坐、爬行、独自稳坐、扶着站立、独自站立、扶物行走、独自行走乃至跑、跳等大运动的发展和熟练后，才进入真正意义上的自主运动。但2岁以前的婴幼儿由于运动神经发育尚未完成，兴奋传导易于泛化，以致上述各种大动作以及某些小动作表现为粗犷、难于到位以及缺乏准确性等。直至2～3岁年龄段，神经系统特别是运动神经发育基本成熟，中枢神经与外周神经的联系已有较为完整的对应互动效果，婴幼儿对肢体及躯干大动作较易学习掌握，准确性也有所提高。自主运动的锻炼已具备必要的生理基础，主导性锻炼及适龄运动在家长和保健人员的指导下，应成为维护婴幼儿健康的主导模式。

　　为提高婴幼儿对环境的适应能力及机体的应激（应变）能力，游戏和适龄、适时、适量运动是最佳的锻炼方式。肌肉通过肌腱附着于骨皮质，运动时肌肉的收缩对骨组织所施加的负荷（机械应力），可使骨皮质增厚、骨矿含量及骨矿密度均有所增加，既可以防止婴幼儿患佝偻病、脊柱变形及骨关节疾病，又进一步促进整体健康水平的提高。运动中，在中枢神经系统主导下，各器官及组织都被动员起来，生化代谢旺盛地进行，对外在环境反应加快，运动能力增强，动作准确到位；内分泌系统、免疫系统的功能进一步增强，这些都是客观的、可测查的。最显而易见的是孩子饭吃得多了，反应和动作灵敏了，家长最放心的则是很少生病了。对婴幼儿来说，主要的运动方式应该是非竞技性的有氧运动。也不排除老鹰抓小鸡、短程赛跑等带竞技性的短时间的活动。无疾病缠身的婴幼儿除睡眠外整天都在活动，实际上这本身就是有助于健康的锻炼活动，可看做低强度运动，它消耗的能量虽不多，但已取得有氧运动的部分效果。快步行走、滚铁环、爬楼梯、骑童车乃至在有限场地内的捉迷藏式跑步等等都是中等强度的有氧运动，对婴幼儿体质的提高及技能的掌握是很有帮助的。

这种有氧运动通常是在户外进行的，借此可以较多地受到阳光间接或直接的照射，并可接触和享受清新空气。后者有改善人体心、肺功能，提高耐力的良好作用。通过运动，机体在有负荷的条件下进行代谢，提高了可储备的潜能，从而强化了内环境，对提高反应能力、增强免疫力和应激能力、提高骨矿含量及加厚骨质、强壮体质都有很好的作用。

在平衡膳食的基础上，鼓励婴幼儿进行适合体能的锻炼和运动不仅可提高平衡膳食的效果，促进生长发育，更重要的是加强中枢神经和全身各系统器官之间的协作和功能联系，既强健身体，又提高了智能发展水平。

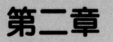

第二章

13～15个月

身体生长发育

体重

婴幼儿体重增长有自身的规律，体重增加的速度与月（年）龄密切相关。

1. 以2006年WHO推荐的母乳喂养《5岁以下婴幼儿体重和身高评价标准》为参照值，13～15个月幼儿体重参考值可参见表2-1。

2. 以2005年中国九市7岁以下不确定喂养方式儿童体格发育调研测值为参照值，13、14、15月龄幼儿体重参考值分别为：10.67千克，10.86千克及11.04千克。

13～15个月 幼儿体重、身长、头围、体质指数（Kaup 指数）的参考值

参见表2-1。

表2-1　13～15个月幼儿体格发育参考值

性别	项目	体重/kg ± s	身长/cm ± s	头围/cm ± s*	Kaup指数 / ± s
男童	13月	9.87 ± 0.11	76.9 ± 2.4	—	16.7 ± 1.35
	14月	10.10 ± 0.11	78.0 ± 2.5	—	16.6 ± 1.35
	15月	10.31 ± 0.11	79.1 ± 2.5	47.3 ± 1.3	16.4 ± 1.35
女童	13月	9.17 ± 0.12	75.2 ± 2.6	—	16.2 ± 1.40
	14月	9.39 ± 0.12	76.4 ± 2.7	—	16.1 ± 1.40
	15月	9.60 ± 0.12	77.5 ± 2.7	46.2 ± 1.4	16.0 ± 1.40

注：身长取卧位测量，*头围参考值摘自2005年中国九市7岁以下儿童体格发育调研测值，s 为标准差。

喂养知识

 13个月宝宝喂养要点

1. 完成逐渐换乳过程

1岁以后是断离母乳的最佳时期，断奶不要采取伤害宝宝情感的方式，自然断奶最可取。断离母乳是个渐进过程，是不断减少母乳喂养次数并补充牛乳或配方奶（粉）的过程。断离母乳后，要用配方奶或鲜牛奶作为母乳的接力棒，1岁1个月的宝宝每天可以喝300～500毫升的配方奶。

这时候的宝宝不能仅仅喝配方奶了，宝宝每天至少吃10种以上的食物，包括粮食、肉蛋、蔬菜、水果、奶等。一日三餐外另加两次餐间小食品。在保证满足营养需求的同时建立良好的进食习惯。通常1岁以后的宝宝对食物开始挑剔，妈妈要注意引导宝宝的进食行为，避免出现厌食、偏食现象。宝宝普遍喜欢喝饮料，但要让宝宝养成喝白开水的好习惯。

2. 可以加鲜牛奶了吗？

有的妈妈问："这个年龄的幼儿可以喝鲜牛奶了吗？"这个年龄完全可以适应喝鲜牛奶。尽管配方奶添加了某些营养素，但这些营养素本应该逐渐由添加的辅食得到充分补充，因而合理安排幼儿膳食更为重要。如果原来就喝配方奶，也可以继续喝配方奶，到18个月左右应该换用鲜牛奶。事实上，有很多婴儿是从满周岁就开始改喝鲜牛奶了，也有更早加鲜奶的。鲜奶比配方奶稍淡，但并不是营养成分不足，有的鲜奶还有"甜味"，婴儿比较喜欢喝。

牛奶又方便又经济，这是很多妈妈选择鲜奶的理由。但是，无论原来是喂母乳或配方奶，转成鲜奶不能太突然，最初要喂少量加水稀释的鲜奶，而且一定要煮沸后再喝，孩子适应后再增加用量。喝煮开的奶即使是婴儿大便变稀，也可以肯定不是细菌导致的。

如果幼儿会用杯子，用杯子喝最好，用奶瓶也可以。因为鲜奶还是比较淡，所以幼儿晚上临睡前也可加点小食品。

与配方奶相比，牛奶里没有人工添加的微量营养素等成分，所以还要及时添加辅食，以免幼儿缺乏微量营养素。在夏季，鲜奶容易变质，最好是现买现吃，在冰箱冻过的就不要给幼儿喝了，如果一定要喝，也一定要认真煮过才行。

也可以用酸奶取代牛奶，酸奶对于大便干燥的宝宝有益处。尤其适合米饭吃得多、饮用牛奶的量也大的宝宝。但酸奶蛋白质含量低，不应连续长期食用。

 小贴士

幼儿能喝茶吗？

茶是最有中国情调的特色饮料，含有多酚、叶酸、维生素C、烟酸、蛋白质及矿物质等多种对人体有益的物质。因此，适当地喝茶，对成年人有一定的益处。但孩子最好的饮料就是白开水。

给幼儿偶尔喝少量清淡的绿茶没有大的危害，但是如果婴幼儿经常大量喝茶，就会有不良影响，主要表现在：

1. 孩子可能会过度兴奋。茶中的咖啡因会导致中枢神经系统兴奋，婴幼儿喝茶后睡眠减少，体能消耗增大。

2. 影响食物的消化吸收。茶中的鞣酸会引起消化道黏膜收敛，并容易与食物中的蛋白质结合形成凝块，影响营养物质的吸收。幼儿会出现食欲下降、消化不良、身体消瘦等症状。

3. 影响铁质的吸收并导致维生素B_1缺乏。

14个月宝宝喂养要点

1. 培养良好的进食习惯

14个月龄的宝宝可以用杯子喝水，热衷于自己拿着勺子吃饭。能单手完成动作，能准确地用手指捏起物品。宝宝需要全面的营养，除了优质的蛋白质，如各种蛋、肉、奶制品等以外，还需要提供热量的谷类食物，提供维生素的水果和新鲜蔬菜。多样饮食，合理搭配是最好的饮食方式。

如果宝宝偏食，不爱吃某种食物，妈妈要改变烹饪技巧，千万不要强迫宝宝，如果宝宝特别爱吃某种食物，也不能爱吃多少就给多少，要适当加以限制，以免造成营养不均衡。宝宝吃饭应坐在固定的地方，而不是走着吃和追着喂，以免养成不好的饮食习惯。

2. 宝宝爱吃别人的食物，怎么办？

妈妈们都曾被这种情形困扰过：宝宝刚吃完饭，妈妈带着宝宝出门，看到别人在吃东西，宝宝虽然不饿，也会伸手跟人家要；或者是其他热心的妈妈把零食分给宝宝，他们会很开心地接受。为什么宝宝这么喜欢别人的食物呢？有很多原因：（1）宝宝的年龄特点导致的。宝宝年龄小，分不出"你的"、"我的"，还不能理解"从属关系"，所以只要是他想要的东西就伸手去要。（2）教养不当造成的。成人过于娇惯，导致宝宝以自我为中心，认为所有想要的东西都能得到。（3）自控能力差。这是父母在这方面对孩子培养教育得不够的结果。

3. 如何有效地解决这些问题呢？

有些父母不给宝宝吃零食，而且限制得很严，认为零食有害无益，所以当宝宝看到别人津津有味地吃那些他没有见过的食品时，就会"眼馋"、"嘴馋"，自然而然想去要，如果每次都能要成功，进而形成了不良的习惯。所以，妈妈们应该适当地为宝宝准备一些零食，虽然家里有一些零食，也不能用它来代替主食，当然更不能对宝宝要吃的要求有求必应。

经常给宝宝讲道理。让宝宝懂得"自己的"和"别人的"区别。要让宝宝知道，即使是别人主动给，宝宝也要征得爸爸或妈妈的同意才能接受。另外，在日常生活中，爸爸妈妈应注意培养宝宝学会控制自己的某些需要。

当宝宝非得要别人的东西时，妈妈们可以试一下以下办法。

（1）告诉宝宝，如果想吃，可以跟妈妈回家拿。

（2）转移宝宝的注意力。可以带宝宝离开或转移他的注意力到其他地方。比如对孩子说，宝宝，你看那边谁来了？或者说，宝宝，你看，那边有只小狗等等。

争取对方家长的支持，共同教育。当宝宝向他们要东西吃时，请他们协同对宝宝进行教育，不要给孩子零食。

 小贴士

多铁膳食

为1岁幼儿安排多铁食谱一定要符合幼儿的消化特点。他们的乳牙尚未出齐，食物要细、软。二是采用含铁质丰富的食物。含铁质的动物性食物有肝脏、瘦肉、动物血、蛋黄等；动物性食物中的铁的吸收率比植物性食物高。

含铁质多的菜肴及其制法如下。

（1）肝末蛋羹：将猪肝切成片，放入开水中焯一下，捞出，剁成肝末，放入碗内。再将鸡蛋磕入此碗中打散，与肝末搅匀，加入葱末、细盐、放少量水调匀，在屉内蒸熟，点香油即成。

（2）炒三丁：将鸡蛋黄放入碗内调匀，倒入抹匀油的方盘内，上屉蒸4分钟，取出切成小丁。将豆腐、黄瓜切成丁。将热

锅放点油，用葱末炝锅，放入蛋黄丁、豆腐丁、黄瓜丁，加适量水及细盐，烧透入味，勾淀粉即成。

（3）麻酱拌茄泥：将茄子洗净去皮，切成小块上屉蒸熟。将麻酱加入细盐及适量水搅成糊状。将蒸好的茄块捣成泥，浇入调好的麻酱即成。

 ## 15个月宝宝喂养要点

1. 宝宝经常变换对食物爱好的倾向

宝宝已经长出了6～12颗乳牙，宝宝的前囟门已经基本闭合，少数还未闭合。与婴儿期比较，宝宝食量非但没有增加，还有所下降，这是为什么呢？宝宝三四个月的时候，可能出现过一段时间厌食母乳的现象；到了15个月，也可能出现厌食饭菜的现象，开始愿意喝牛奶或依恋母乳了。这段时间，因为添加饭菜，宝宝肠胃功能未能适应，需要调整一下。如果宝宝因为愿意喝奶，增加了奶量，减少了饭量，父母不必着急，配方奶或鲜牛奶能够满足宝宝的营养需求。过一段时间，宝宝就会重新喜欢吃饭，没有一直不吃饭只喝奶的宝宝。

2. 防止龋齿

如果不注意口腔卫生，任何饮食都会导致龋齿(蛀牙)。因为每次吃过东西后，都会有食物残渣留在牙缝里面。这些残渣被细菌分解成酸性物质，酸性物质能破坏牙的釉质，致使幼儿发生龋齿。

要培养宝宝吃过东西后漱口或刷牙的习惯，吃过正餐后，可以吃一块奶酪，因为奶酪是碱性的，可中和口腔内的酸性物质，具有预防龋齿的作用。

特别是含糖量较高的甜食，更容易导致龋齿的发生。妈妈们应该从小锻炼宝宝吃不加糖或少加糖的食物，为宝宝培养少吃甜食的习惯，宝宝将会终身受益。黏性食物比糖果类食品有更强的危害性，因为黏性食物更容易粘在牙齿上；还有甜饮料也容易引起龋齿。

3. 为宝宝挑选食物

15个月的宝宝已经接受和熟悉了为其所添加的多种日常辅食，为满足幼儿生长发育对能量及营养素的需要，家长有必要为其选择适宜的食物。首先是明确吃什么、吃多少、怎么吃。根据幼儿生长发育及消化吸收特点，每天主副食品种可达30种或以上，不同品种的数量与幼儿年龄、体重、健康状况等有关。1～3岁幼儿每日食物摄入量可参见表2-2。

表2-2　1～3岁幼儿每日食物参考摄入量

食物名称	单位	1～2岁	2～3岁
谷类（粗、细粮）	克	100～125	125～150
豆类、豆制品	克	20～25	25～30
肉类（禽鱼肉肝血）	克	40～50	50～60
蛋类	个	1	1
奶类	毫升	200～250	250～350
豆浆	毫升	—	125～250
蔬菜	克	100～125	125～150
水果	克	30～50	50～100
植物油	克	10～15	10～15
食盐	克	1	1.5
食用白砂糖	克	10～25	10～15
小糕点	克	10～15	15～20

注：豆类以干豆重量计，可换成相应重量的豆制品。

蔬菜中至少有1/2是绿叶菜，2/3是橙黄色菜。

小贴士

当口腔中有适宜乳酸杆菌繁殖的环境时，乳酸杆菌在人的口腔中会大量繁殖，然后分解口腔中的食物残渣而产生酸，酸度的增高会导致牙齿的釉质脱钙，有机物受破坏而发生龋齿。因此，要少吃甜食并少饮用含糖的碳酸饮料，一定不要让幼儿口腔里含着食物睡觉。

护理宝宝须知

宝宝不宜久用学步车

有些家长在孩子刚开始学习走路时，常常将婴儿放入学步车内。看着孩子可以朝着自己想去的方向前进，也可以在车内单独玩耍，家长会觉得孩子很开心。但是，很多育儿专家认为，孩子在学步车里长时间待着的潜在危害很大。

（1）学步车把婴幼儿固定在车内，宝宝必须在学步车的支持下活动，使婴幼儿失去学习各种动作的机会。如果婴儿处在学爬期，他得不到爬行的锻炼，如果婴儿处在学站、练走阶段，他不能独站，将来平衡站立及走路也会迟些，不利于促进身体的全面发展。

（2）婴儿缺乏同周围事物联系的能力，他只会自己一会儿向左猛冲，一会儿向右猛冲；没有人接近他，会使他变成一个冲撞、激进的孩子；父母忙于自己的事务，不与孩子说话，也不牵着孩子的手练习走路，婴儿的学习感觉、思维和语言发展受到限制。

（3）因父母照顾不到而发生事故。因无人靠近婴儿，婴儿在学步车内到处猛冲，可能触着门的边沿、石头、地毯而使车翻倒，或墙边、桌角碰着孩子的手，致婴儿受伤。

（4）在学步车内站立时两腿距离因受座板垫隔挡而加大，对股骨成长及下肢承重不利，甚至形成罗圈腿（O形腿），影响走、跑及弹跳等活动。

学步车并不是可完全信任的保姆。家长要时常守候在婴儿身边，并且经常对婴儿的运动能力加以训练，如让婴儿多练习爬或者牵着他的手练练走路等。

要早发现宝宝生病了

婴幼儿生病很难早期发现，因为他们不会像大孩子一样诉说自己的不适和症状，只有靠家长细心的观察来发现异常。如果宝宝的饮食、睡眠、大小便和精神发生变化，则应怀疑他是否生病了。可从以下几方面来观察。

（1）食欲缺乏、不愿吃东西，同时伴有精神不好。小婴儿吃奶不好，有时伴有呕吐，呕吐剧烈者甚至进食、进水均困难。

（2）大便次数增加，带有不消化的食物并有酸味和泡沫；或有脓血便。

（3）发热，可能体温稍高，37.5～38.5℃，手心发热；也可能24小时高热不退，并有感冒、呕吐或腹泻症状。

（4）睡眠不安，易惊醒、烦躁，严重者入睡后不易被叫醒。

（5）鼻塞、流涕，严重者气喘、口周发青、持续咳嗽。

（6）啼哭，无病啼哭多因饥饿、寒冷、尿湿等，只要这些问题解决了，可停止啼哭。而生病啼哭，不论大人用什么方式引逗都效果不大。

（7）疼痛又不让别人触摸可疑疼痛处。

（8）皮肤出现暗红色或紫红色的斑点状皮疹。

（9）精神不佳，反应迟钝。

（10）体重持续不增，特别是小婴儿。

婴幼儿病情变化极快，发现异常，无论病情轻重均应及早就医。

1岁以上宝宝注意培养进餐习惯

　　良好的进餐习惯必须从婴儿时期开始培养，并在幼儿阶段得到加强及巩固。只有好的进餐习惯，才能保证宝宝所需的进食量，宝宝获得充足的营养，身体才会健康。

　　（1）婴幼儿一天的进餐次数，进餐时间要有规律。每到该吃饭的时间，就应喂他，但不必强迫他吃，吃得好时就应赞扬他，长时间坚持下去，就能养成定时进餐的习惯。

　　（2）要注意培养婴幼儿对食物的兴趣和好感，引起他旺盛的食欲，这有助于消化腺分泌消化液，使食物得到良好的消化。因此，要求父母在烹调食物时做到色、香、味俱全，软、烂适宜，便于婴幼儿咀嚼和吞咽。

　　（3）培养清洁卫生习惯，饭前要洗手、洗脸，围上围嘴，桌面应干净；每天在固定的地点喂饭，营造良好的进餐环境。在吃饭时，大人不要和他逗笑，不要让他哭闹，不要分散他的注意力，更不能边吃边玩。

　　（4）要锻炼婴幼儿使用餐具，为以后独立进餐做准备。如从较小月龄就开始训练他自己握奶瓶喝水、喝奶，自己用手拿饼干吃；大一些训练正确的握匙姿势和用小勺吃饭。

　　（5）避免婴幼儿挑食和偏食，饭、菜、鱼、肉、水果都能吃，鼓励他多咀嚼，每餐干、稀搭配。饭前不喝水，不吃巧克力等零食，以免影响食欲和消化功能。

1岁半以上的宝宝最好不要穿开裆裤

　　1岁以内的婴儿尚不能控制大小便，尿布便成了婴儿不可缺少的特殊"服装"，为了便于更换尿布，婴儿大多数都穿开裆裤。一般到了1岁半或2岁，宝宝逐渐掌握了自主排便，要尽快给宝宝过渡到满裆裤。因为到了这个年龄，宝宝的活动范围扩大，户外活动增加，开裆裤冷风直灌裤筒，宝宝容易着凉。穿开裆裤使臀部、外阴暴露在外，极易感染或损伤。幼儿常常席地而坐，更容易引起尿道炎、外阴炎等，特别是女童尿道短，极易引起尿路感染。开裆裤还是婴幼儿肠道寄生虫感染的原因。所以，婴幼儿，特别是女孩，应该尽早穿满裆裤，这样既安全又卫生。

 要注意排便卫生

宝宝要注意养成良好的排便卫生习惯。

（1）婴儿坐盆排便时，不要同时喂饭、吃零食和玩玩具等。

（2）给孩子（尤其是女孩子）擦屁股，要坚持从前向后的原则，因为从后向前会造成尿道口的污染，而引发尿道炎、膀胱炎。

（3）每天晚上都要给孩子洗屁股，因为大便后总会有少量粪便污染肛门周围，况且，女童的阴道分泌物、皮脂是细菌繁殖的良好环境，男婴残余尿液在包皮内沉淀，形成有特殊臭味的白色奶酪样的包皮垢，可刺激包皮发炎。

（4）每次排便后，应将便盆洗刷干净。

（5）将孩子的便盆倒掉或给孩子擦屁股后，家长都要用流动水将自己的手洗干净。

智能体能发展

 1岁以上幼儿早期教育

　　1岁后是宝宝学习走路的关键时期，也是自我解放和建立自信的关键阶段。

　　这个阶段最让人担心的是宝宝的安全，因为他还不会迴避危险，家长要多留心。宝宝的某些强烈表现虽然令人难以接受，比如摔东西、拉翻抽屉、咬人、揪头发等，但其冲动背后的本性要求却均属合理，对待这些行为只能事先预防而不能事后惩罚。

　　家长首先要坚持保护孩子学习探索的兴趣，同时创造更好的条件让他在游戏中增长本领。鼓励宝宝搭积木、玩装嵌玩具和盖瓶盖儿等都是提高手眼协调能力的好游戏。凡是宝宝自己经过努力能够做到的事，就让他自己尝试，比如自己拿勺吃饭，即使洒得多也还让他自己吃。凡是孩子能够配合家长完成的活动，就让他帮忙。这个时期是语言的集中储备期，也是语言爆发的前期，家长平时应多对宝宝说话，即使他不懂也要说，多听对宝宝有好处。

智能、体能发育

表2-3　13～15个月幼儿智能、体能发育

项　目	发 育 状 况
大动作能力	自己站立很稳，行走自如，能手脚并用爬1～2层台阶
精细动作能力	会独自搭3～4层积木，或用积木排一列火车，会双手向前抛球，能从箱里把玩具拿进拿出
认知能力	有意注意开始萌芽，能够注视成人手中物品15秒；识记过的东西能够保持几天的记忆，能记住自己用的东西和一部分小朋友的名字。
语言能力	会说10个词，会说两三个词的句子，懂得"上面"、"下面"，能叫自己名字
情感与社交能力	很少哭了，产生同情心，能够按照自己被安慰的方式去安慰别人；会借助爬或走的形式主动接近妈妈；可能改变依恋类型

语言发展

1. 语言发展的特点

（1）会说的词汇增加很快。

（2）至少指出3～4个身体部位。

（3）会竖起食指表示1岁。

（4）会表示不要。

（5）会说10个词。

（6）13～16个月时，开始进入口语萌芽阶段。

（7）能把儿语、单词和手势综合利用起来，以表达自己的需求。

2. 促进语言发展的小游戏

【游戏一】

- **游戏名称**：这是什么。
- **训练目的**：在行动中伴随着语言刺激，学说话。
- **训练方法**：

把各种玩具及物品摆放在宝宝的身边，成人每次分别拿出1件问宝宝："这是什么？"引导宝宝用语言或动作表示。如拿小汽车问宝宝："这是什么？"引导宝宝说："嘀嘀！"或用手拿汽车来回应。

再把玩具等物品摆在宝宝的前面，成人说某一种物品名称，引导宝宝指出是哪种物品。

【游戏二】

- **游戏名称**：儿歌填字。
- **训练目的**：感受语言中的韵律与节奏感。
- **训练方法**：

给宝宝念一首儿歌，妈妈多朗诵几次，在押韵词上声音加重，等到宝宝听熟了再开始游戏。

"乖宝宝，学走路，

一二，一二迈大步。

不怕黑，不怕摔，

真是妈妈的好宝宝！"

在念到"宝"、"路"时空出这两个音让宝宝自己念。如果行，再增加一个音让他念"步"。这样来回反复几遍，直到熟悉为止。下次专门练下面两句，让宝宝念"黑"、"摔"，最后一句让宝宝念"宝"。等到宝宝相当熟练时，才把上下两段合起来。这首儿歌正好让宝宝在学走路时念。

用宝宝们都会念的其他儿歌也可以。因为人们经常背诵，宝宝早就听熟了，所以填上押韵词也很容易。填上押韵词的儿歌不必太多，否则宝宝以为只填押韵词就够了，不想再学整首儿歌了。

大动作发展

1. 大动作发展的规律

（1）走：站立是行走的前提。

13个月：能独站几秒钟，也能走几步，扶家具走得好。特点是行走时张开双臂以增强平衡，双腿分开，使得基底变大。

图2-1　能独站及走几步

15个月：能独走几步，上臂有时高举，亦能放下，双腿分开的距离变小，使得基底变小。

图2-2　独走较稳定

（2）上下楼梯

14个月：手膝并用爬上楼梯1～2级台阶。

15～16个月：倒退爬下1～3级台阶，扶栏杆走上1～3个台阶。

2. 促进大动作发展的游戏

（1）13个月

【游戏一】

- **游戏名称**：宝宝健身操1——单、双臂起坐运动。
- **训练目的**：训练胳膊、腰部肌肉力量。
- **训练方法**：

单臂起坐运动：宝宝仰卧，大人右手握住宝宝的左手腕，宝宝握住大人的拇指，大人左手按住宝宝的双膝。拉宝宝坐起，还原。再换另一侧。

双臂起坐运动：宝宝仰卧，大人两手分别握住宝宝两只手腕，让宝宝握住大人的拇指。拉起宝宝双臂，继续拉宝宝坐起，放宝宝躺下，还原。

【游戏二】

- **游戏名称**：宝宝健身操2——拱形运动、弯腰运动。
- **训练目的**：训练腰、腿部肌肉力量。
- **训练方法**：

拱形运动：宝宝仰卧，大人左手按住宝宝两脚踝部，右手托住宝宝腰部，使宝宝腰部挺起呈拱形，还原。

弯腰运动：宝宝背向大人站立，大人左手扶住宝宝双膝，右手扶住宝宝腹部，在宝宝面前放一他喜欢的玩具，让宝宝弯腰捡起，还原。

【游戏三】

- **游戏名称**：宝宝健身操3——拉腕起立、扶肘起立运动。
- **训练目的**：训练手腕的力量、胳膊肌肉的力量。
- **训练方法**：

拉腕起立运动：宝宝俯卧，大人从背后握住宝宝手腕，同时让宝宝握住大人的拇指。扶宝宝跪起，扶宝宝站起，扶宝宝跪下，还原。

扶肘起立运动：宝宝俯卧，大人从背后握住宝宝两臂肘部。扶宝宝站起，放下还原。

【游戏四】

- **游戏名称**：宝宝健身操4——肩部运动、跳跃运动。
- **训练目的**：训练上肢肩部肌肉力量，增强节奏感。
- **训练方法**：

肩部运动：宝宝仰卧，大人两手握住宝宝手腕，让宝宝握住大人拇指，将宝宝两臂放于体侧。将宝宝左臂拉到宝宝胸前，引导宝宝左臂向胸外上方环绕1周，放回胸前。放下左臂至体侧。左右臂轮流交替进行。

跳跃运动：宝宝与大人面对面站立，大人双手扶宝宝腋下，提宝宝离开床面，还原。

宝宝健身操1～4每天可做1～2次，饭后1小时左右进行，做完操后需要休息片刻。

（2）13～15个月

【游戏】

- **游戏名称**：障碍爬。
- **训练目的**：锻炼四肢，促进手脚和全身的动作协调。
- **训练方法**：

方法1：妈妈将大浴巾卷起来，变成一个长圆柱形障碍物，也可以用小纸箱、枕头、被子等布置成障碍物，阻挡在妈妈和宝宝之间。引导宝宝爬越长圆柱形障碍，到达妈妈身边。再鼓励宝宝爬越回去，如此反复。

方法2：妈妈双手扶着宝宝的腋下，让宝宝的四肢在矮的攀登架爬上去，爬下来玩，然后再选择不太高的楼梯，如"麦当劳"里矮滑梯的楼梯，鼓励宝宝爬上爬下，促进手脚和全身的动作协调。

方法3：在家里妈妈要鼓励宝宝练习爬床、爬沙发等。然后带宝宝到"翻斗乐"、"麦当劳"玩时，可让宝宝爬不太高的滑梯或台阶，然后在妈妈保护下宝宝扶着滑梯的栏杆滑下来，要反复练习。同时，对站立较好的孩子也可以拉着宝宝的手，练习上台阶、上楼梯。

注意事项：不要穿开档裤，并要注意安全和卫生。

精细运动发展

1. 精细运动发展的规律

（1）抓握

12～14个月：一只手抓两块积木，并握在手中。

（2）视觉—运动协调

12～14个月：将7块积木放在杯中；将一个形状板放进相应的孔里；反转瓶子倒出小丸，将小丸放进瓶中；用小勺敲杯子。

2. 促进精细运动发展的游戏

【游戏一】

● **游戏名称**：捏捏、拍拍、插插。

● **训练目的**：训练手部精细动作能力。

● **训练方法**：

（1）妈妈要成为宝宝的助手，引导宝宝玩橡皮泥，让宝宝去捏、搓、拍打等，制出一块饼，搓成一根面条等，妈妈不断鼓励宝宝制作出"新产品"。还可以让宝宝去玩黏土，去捏、搓、拍打等，制作出各种"产品"。

（2）妈妈拿出3～4个、一个比一个稍大些的塑料碗让宝宝摆弄，然后鼓励宝宝能依塑料碗的大小次序套起来玩。也可以收集大小不同的瓶盖、纸盒子等，让宝宝依照物体的大小次序套起来反复游戏。

（3）准备一节一节的黄瓜，数根牙签，剪掉牙签前面尖的部分。将3厘米长的一节黄瓜平装在一个小碗里，给宝宝几根牙签，让宝宝去插，一根一根地插，把牙签插完。宝宝在插的过程中，妈妈要注意宝宝拿牙签的姿势，尽量让宝宝用拇指、食指去拿，插时用力。在宝

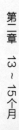

宝插好后，可将黄瓜翻个身，让宝宝从皮的地方再去插一次，让宝宝用力，用巧劲。

【游戏二】

- **游戏名称**：用拇食指脱袜子。
- **训练目的**：学会正确脱袜子方法。
- **训练方法**：

妈妈指导宝宝由易到难地学习用拇指脱袜子：首先把袜子退到脚尖，教宝宝将拇指伸进袜子向前一推，袜子脱下了。再把袜子退到脚心，用同样方法脱下袜子。最后把袜子放到脚跟，用同样方法脱下袜子。注意不要让宝宝自发地从袜端扯，发现此现象妈妈要立即给予正确的指导。

 认知发展

1. 认知能力发展的规律

（1）观察力开始发展，对细微事物、细小的物体感兴趣。

（2）能凝视成人手中的物体15秒钟左右。

（3）处在萌芽阶段的注意能力很不稳定。

（4）记忆主要以无意记忆为主，有意记忆刚刚萌芽。

（5）记忆能保持几天。

（6）能进行简单的联想，如能根据熟悉的物品，想起常用此物品的人。

2. 促进认知能力发展的游戏

【游戏】

- **游戏名称**：指认五官。
- **训练目的**：认识五官。

● **训练方法：**

游戏时，成人与宝宝面向镜子站好。成人手握宝宝手，指着鼻子说："这是宝宝的鼻子。"再指嘴巴说："这是宝宝的嘴巴。"随后认识眼睛、耳朵和头。反复重复多次，教宝宝认识五官。随后成人可说出五官的名称，让宝宝用手指出。如说"耳朵"，宝宝即用手指耳朵，说"眼睛"，即用手指眼睛。

社会性发展

1. 社会性发展的规律

（1）对较远物体的支配有成功感，会"跋山涉水"地走到他想去的任何角落。

（2）很少哭了。

（3）产生同情心。看到别人难过时，会按照自己被安慰的方式去安慰别人。如看到妈妈哭泣，会将自己的玩具递给妈妈。

（4）会借助爬或走的形式主动接近妈妈，对熟悉的家人有很强的依恋感。

（5）12～19个月时可能改变依恋类型，如从不安全依恋转变成安全依恋。

（6）害怕陌生人和陌生的环境。

（7）能记住自己喜欢和讨厌的东西。

2. 社会性发展的教育指导

（1）父母做好自身的情绪调节

几乎没有父母会故意冷落宝宝，但父母自身的情绪不良会影响抚育质量。比如有些妈妈深陷抑郁，宝宝发出的信号她即便看到了也没精神搭理，她也不相信自己能带好宝宝，因此，极容易放弃努力。还有的妈妈急性子加完美主义，总希望孩子的成长顺风顺水，当宝宝没按自己的愿望活动时就焦躁动怒。

对于前者，为了宝宝和自身的成长，父母应主动调节自己。若有困难，可以找心理医师帮助。对于后者，必须牢记：宝宝的一切表现都是自然现象，抚育的过程也必然会有烦恼，不妨接受宝宝的现状，认真去分析、总结、尝试，慢慢地，您就能摸清孩子的脾气和与他相处的方法。

（2）对宝宝的不良情绪及时关注

父母帮助宝宝调节情绪的方式会影响宝宝情绪自我调节的风格。如果父母总是充满爱心地观察宝宝的情绪状态并做出反应，宝宝就会变得更愉快，更专心地探索，更容易被安抚。相反，如果父母总是到宝宝变得极度激动时才给予关注，宝宝的嫉妒、忧伤会迅速飙升，使得父母需要花更多的精力和时间去安抚他，而宝宝也难以学习如何使自己平静下来。也就是说，如果父母没有为宝宝提供能让他体验调节压力的机会，宝宝缓解压力的能力就很难得到发展，就容易形成焦虑的、一发不可收拾的情绪反应。

婴幼儿保健专家提示

宝宝1岁多还不会走路怎么办

有的宝宝14个月还不会走路，家长不要过于担心，只要宝宝满周岁时能够独坐、爬行、站立，甚至已经能够摇摇晃晃地迈步行走，就不必担心，只要能行走，慢慢就会走稳。

宝宝如果成天被妈妈围在推车或学步车里，缺乏锻炼，自然晚走路，这是训练方法不当造成的。给宝宝开辟一块自由行走的空间，穿上便于行走的舒适的鞋，多给他一些练习走路的时间，他就会走得很好。

太胖的小孩走路会较晚，过胖的宝宝由于身体笨重，行动费劲，比较不容易站起，平时也懒于活动，即使站起也懒于迈步。但如果宝宝四肢强壮，协调性好，即使身体笨重慢慢也能走得很好。

先天体弱的宝宝，如早产儿，动作自然发展要缓慢一些。

如果宝宝在周岁时还不能站立，甚至周岁时还不能坐稳的，则要去医院检查。

一般宝宝12～15个月会走路，最晚不超过18个月，如果还不会走路，应尽快到医院检查。

宝宝半夜不睡，喜欢起来玩怎么办

宝宝白天时间大多躺在摇篮里，或被围在婴儿床上，基本上吃饱了睡，睡起来吃，缺少足够的户外锻炼。而到晚上八九点吃完晚饭、洗完澡也被妈妈哄睡了。结果到深夜一两点钟就醒来玩1～2个小时，而第二天又睡到十一点才能起床。如此昼夜颠倒，打乱了生活规律，妈妈会感到疲惫不堪，宝宝一旦养成这种习惯也很难改正。这种情况，周岁左右的宝宝较为常见。

改变这种情况，妈妈的第一次处理非常关键。妈妈可轻拍哄他入睡，如果不行就起来陪他玩一下，给他讲故事，让他渐渐入睡。第二天早上一定要按作息时间把宝宝叫起，不要让他睡得太晚。白天带宝宝到户外玩，做些户外运动，减少白天的睡眠时间。如果户外锻炼充分，晚上就会睡得很香，经过一段时间的调整，慢慢就会调整过来。

 ## 宝宝哮喘的原因是什么

哮喘是呼吸道变态反应性疾病，以反复发作性呼吸困难伴喘鸣音为特征。哮喘的发生与气候有关，多发生在春秋季节，而且哮喘的发生还有遗传倾向。其主要症状是呼气性呼吸困难，呼气时腹部内陷，持续咳嗽，有喘憋、胸痛和窒息的感觉，严重时还会出现缺氧、口唇发绀。引起宝宝呼吸道过敏的物质因人而异，一般是花粉、粉尘等空气中的悬浮物质。

 ## 宝宝得了哮喘怎么办

宝宝得了哮喘首先应该在医生指导下进行系统规范的治疗。当哮喘发作时，不要让宝宝平躺在床上，要让宝宝上半身保持直立的姿势，这样有助于气道畅通，减轻胸部的压力，缓解胸闷；还需要安抚好宝宝，让宝宝保持安静，不要恐惧。平时应给宝宝准备富含蛋白质、维生素、微量元素的食物，给宝宝补充营养，增加抵抗力，减少疾病的发作。同时要观察并记录疾病发生的时间、季节、环境，从中分析出哮喘发生的原因，找到过敏源。此外，不要让宝宝过度疲劳。平时要随身携带医师给宝宝开的止喘药，一旦疾病发生，立即用特效药缓解。

哮喘可能要用喷雾的药治疗，喷雾药有两种，含有激素的要经常用，不带激素的犯病时用。哮喘是一种慢性病，需要长期规律治疗，一定要遵照医师的嘱咐，坚持治疗，定期吃药加强活动以期恢复健康。

本年龄段宝宝有哪些预防接种

按照儿童免疫规划内容，13 ～ 15个月之间没有必须接种的疫苗，但此时可以接种自费的水痘疫苗。水痘可以通过飞沫或接触传染，在接种水痘疫苗以前，大多数幼儿都对水痘易感。患了水痘，不仅会发热，而且会起皮疹或痘疹，有些水痘感染后还会留下斑痕，如果留在面部还会影响孩子的容貌。自从接种水痘疫苗以来，水痘的发病率明显降低。所以建议家长还是给孩子接种水痘疫苗为好。水痘疫苗是一种很安全的疫苗，不良反应发生率很低。

第三章

16~18个月

身体生长发育

体重

婴幼儿体重增长有自身的规律，出生后体重增加的速度与月（年）龄密切相关。

（1）以2006年WHO推荐的母乳喂养《5岁以下婴幼儿体重和身高评价标准》为参照值，16～18个月幼儿体重参考值可参见表3-1。

（2）以2005年中国九市7岁以下不确定喂养方式儿童体格发育调研测值为参照值，16～18个月龄幼儿体重参考值分别为：11.24千克，11.45千克及11.65千克。

16～18个月 幼儿体重、身长、头围、体质指数（Kaup 指数）的参考值

参见表3-1。

表3–1 16～18个月幼儿体格发育参考值

性别	项目	体重 /kg ± s	身长 /cm ± s	头围 /cm ± s*	Kaup 指数 / ± s
男童	16月	10.52 ± 0.11	80.2 ± 2.6	—	16.3 ± 1.30
	17月	10.73 ± 0.11	81.2 ± 2.6	—	16.2 ± 1.30
	18月	10.94 ± 0.11	82.3 ± 2.7	47.8 ± 1.3	16.1 ± 1.30
女童	16月	9.81 ± 0.12	78.6 ± 2.8	—	15.9 ± 1.40
	17月	10.02 ± 0.12	79.7 ± 2.8	—	15.8 ± 1.40
	18月	10.23 ± 0.12	80.7 ± 2.9	46.7 ± 1.3	15.7 ± 1.40

注：身长取卧位测量；*头围测值摘自2005年中国九市7岁以下儿童体格发育调研测值，s为标准差。

喂养知识

 16个月宝宝喂养要点

　　幼儿营养应坚持五大原则：全面、多样、均衡、新鲜、美味。宝宝现在每天的食物品种要达到15～20种，宝宝的饭量可能并没有随着年龄增长而增加，以前吃一碗饭，现在还是吃一碗饭。因为宝宝吃的食物种类比以前多了，所以饭量看起来没有增长，甚至减少了，但实际是增多了。

1. 如何做到营养全面？

　　1岁到2岁的宝宝已陆续长出十几颗牙齿，主要食物也逐渐从以奶类为主转向以混合食物为主，而此时宝宝的消化系统功能尚未完全成熟，因此还不能给宝宝吃大人的食物。这个阶段的宝宝体重增长比较缓慢，平均约增加2.8千克左右。妈妈们要注意宝宝的营养，要根据宝宝的生理特点和营养需求，合理安排饮食，让他们得到均衡的营养，可以参考下面所列的幼儿每天所需各类食物及分量。

　　奶：至少每天两顿牛奶。奶类可以供给身体蛋白质、钙和维生素。像酸奶、鲜牛奶等都可以给他吃了。

　　鱼、肉、豆、蛋：鸡蛋每天吃1个就足够了，鸡蛋中含有丰富的蛋白质、铁和B族维生素；另外，同样也含有丰富蛋白质与B族维生素的豆腐、鱼、肉类等每天吃约40～60克就可以了；豆浆可以吃了；最好能坚持每星期吃1至2次动物肝脏或禽、畜血以补充铁质。

五谷：米饭、粥或面条属于五谷类，每天1碗（100克）左右就可以了，五谷类食物可以供给身体糖类和一些蛋白质。

蔬菜：深色蔬菜每天40～60克，其他蔬菜每天40～60克，或提供足够的维生素、矿物质与膳食纤维。

水果：每天1/3至1个（如苹果），能给身体提供维生素、矿物质与纤维。

油脂：包含烹调用油和奶油等，每天10克（约1大匙或1匙半），主要为了供给身体脂肪。

2. 宝宝饮食原则

（1）宝宝的胃容量有限，宜少吃多餐。1岁半以前可以给宝宝三餐以外加两次点心，吃点心时间可在下午和晚上；1岁半以后减为三餐一点，点心时间可在下午。但是加点心时要注意，一是点心要适量，不能过多，二是时间不能距正餐太近，以免影响正餐食欲，更不能随意给宝宝零食，否则时间长了会影响正餐造成营养失衡。

（2）多吃蔬菜、水果。宝宝每天营养的主要来源之一就是蔬菜，特别是橙色和绿色蔬菜，如：西红柿、胡萝卜、油菜、柿子椒等。可以把这些蔬菜加工成细碎软烂的菜末炒熟调味，给宝宝拌在饭里喂食。水果也应该给宝宝吃，但水果不能代替蔬菜，1～2岁的宝宝每天应吃蔬菜150克、水果25～50克。

（3）适量摄入动植物蛋白。在肉类、鱼类、豆类和蛋类中含有大量优质蛋白，可以用这些食物炖汤，或用肉末、鱼丸、豆腐、鸡蛋羹等容易消化的食物喂宝宝。1～2岁的宝宝每天应吃肉类40～50克，豆制品25～50克，鸡蛋1个。

（4）牛奶中营养丰富，特别是富含钙质，利于宝宝吸收，因此这一时期牛奶仍是宝宝不可缺少的食物，每天应保证摄入250～500毫升。

（5）粗粮细粮都要吃，粗粮可以预防维生素B_1缺乏症。主食可以吃软米饭、粥、小馒头、小馄饨、小饺子、小包子等，吃得不太多也没有关系，每天的摄入量在100克左右即可。

 ## 17个月宝宝喂养要点

1. "宝宝一直不好好吃饭"是许多妈妈的心病，常见的原因是偏食、吃饭时间长和吃饭时玩耍等。宝宝已经可以一日三餐，粮食、蔬菜、蛋肉都可以吃了，这个时期是养成良好饮食习惯的关键时期。

1岁5个月的宝宝，可以一天进食三餐，外加两顿加餐（水果、酸奶和甜点等），同时要喝一定数量的配方奶。如果你的宝宝每天还能喝300毫升的鲜牛奶或配方奶，对宝宝的三餐饭量就不要作过多要求了。如果宝宝很爱吃三顿正餐，也爱喝奶，就不要求加餐吃多少了，除了水果外，其他可以不加。如果宝宝每天能喝500毫升以上的奶，不好好吃饭是可以理解的。随着宝宝长大，逐渐减少奶量是对的，但宝宝不喝奶或只喝奶都是不对的。

2. 如何培养良好的饮食习惯

培养宝宝做个不偏食、不挑食、不贪食的好孩子，这可不是一件容易的事，更不是一朝一夕就能达到的目标，需要妈妈和宝宝的共同努力才能完成。

（1）不要强迫孩子吃饭

有些宝宝平时吃饭都很好，一到了生病时或病愈后就不好好吃饭了，家人老是强迫孩子吃饭。其实，爸爸妈妈对宝宝进食的态度要端正，要尊重宝宝的个性，不能强迫性进食，要让宝宝觉得吃饭是一件愉快的事情，是自己的愿望。

在注意营养素均衡的同时，妈妈们也要考虑到宝宝的口味和偏好，食物除了要色、香、味俱全，还要有不断翻新的花样，不能只讲究营养而忽视宝宝的感官需求。幼儿的膳食要做到三个搭配，即荤素搭配、米面搭配、粗细搭配。不偏食，不忌食，从小养成良好的饮食习惯，才能成长为健康的好宝宝。

父母与孩子共同进餐。即使孩子自己可以吃饭了，也不要让他单独吃饭。他有时会因为一次塞进嘴里太多东西而噎着。胡萝卜、樱桃、西红柿、豆角以及葡萄都要切成小块。另外一定要让他坐着就餐，而不是大人四处追着喂。

（2）不强制孩子吃不喜欢的食物

不管某种食物多么有营养，既不强制孩子吃不喜欢的食物，也不要和别的孩子比每顿饭量吃多少，只要能保证体重按平均每周50克的速度增长，那么这个饭量就是适合的。

给他吃他所熟悉的东西。小宝宝们喜欢吃他们已经见过和熟悉的东西。试着把新食物添加到他熟悉的食物里，他可能更容易接受。

吃的东西还是要单独烹制。三餐与爸爸妈妈一块吃，时间上可以保持一致，但他吃的食物还是要单独做的。

不要因为孩子不喜欢某种食物，就马上再做另一种食物。这样就会开个不好的先例，久而久之孩子会被惯出坏习惯，做饭的时候只要注意每顿有点不同就行了。

对宝宝吃饭时哭闹不要大惊小怪。他们吃饭哭闹时你别小题大做，他们哭几次闹几次就好了。

（3）让宝宝实践自己吃饭

1岁的孩子就已经能用勺子了，这是训练孩子掌握本领的过程，属于"小肌肉精细动作"训练的课程，因为它要求孩子口、眼、手在大脑协调下准确完成。首先要培养宝宝学会自己吃饭，然后再慢慢地培养他把饭吃干净。这是一个渐变的过程，在孩子1岁的时候，妈妈先把孩子喂个半饱，再留少量的饭给孩子自己吃，在孩子两岁半以前逐渐学会独立吃饭。

（4）增加新食物

应遵循逐渐增加的原则，妈妈们要考虑食品污染和人工色素、添加剂等的问题，要多学习这方面的知识，增强辨别能力和防范能力。孩子要学会吃各式各样的菜，硬的软的和各种主食、蛋白质类、汤类、粥类都要吃，学会体验各种味道和口感。爸爸妈妈们要先改正自己的不当膳食习惯，不能因为爸爸妈妈不喜欢吃海鲜，家里就从来不出现海鲜，结果是孩子也不喜欢吃海鲜。

（5）培养定时定量的好习惯

三顿饭的开饭时间要基本固定，并且逐渐接近幼儿园的开饭时间，为将来宝宝上幼儿园做好准备。这样，孩子到该吃饭的时候就饿了，也会好好吃饭。上午和下午的加餐最好以水果或酸奶为主，如果早饭太早或晚饭太晚，下午可在适当的时候增加一两块点心，但以不影响晚餐为宜。给孩子吃点心时，宁可少量多次，经验告诉我们，把一袋点心全给了孩子以后，再想从他手中拿走是非常困难的。训练孩子定时吃饭、有条件地加餐等，实际上教会了孩子生活中必须注意"秩序"和"时间"这两件事。

专心吃饭很重要。幼儿有很强烈的好奇心，对周围的事物总是有浓厚的兴趣，也时常容易分心，常常会吃吃玩玩。妈妈们应该培养宝宝专心吃饭的习惯，比如吃饭时有固定的餐椅或位置，让他无法自由活动，避免边吃边玩或一边看电视一边吃饭，也不能因为孩子到处乱跑而追着孩子喂食。因为孩子到处乱跑而追着孩子喂食，吃饭时间延长，这样容易造成孩子消化不良。而且孩子会以为这是在玩一个游戏，从而更喜欢边跑边吃。

（6）细嚼慢咽不浪费

培养孩子细嚼慢咽的习惯也是很重要的，同时还要从小教导孩子不要浪费食物，不要嘴里含着食物说话，这些习惯都需要爸爸妈妈给孩子做出榜样，经过较长时间逐步养成。

 18个月宝宝喂养要点

1. 在宝宝进食行为方面下工夫

此阶段宝宝进食问题大增，厌食症发生率升高，这往往不是宝宝自身的问题，更不是器质性疾病，而是喂养方式不当造成的。要宝宝不偏食，父母自己就不应该偏食。不要给宝宝吃很甜的食物。要让宝宝喝白开水，不要喝很甜的果汁，不要喝加了各种香料、色素、糖精的饮料。不然会让宝宝养成非甜不吃，非饮料不喝的坏习惯。长期的结果就是宝宝牙齿损坏、胃酸增多、食欲下降、体重超标以及营养不均衡。

2．宝宝食欲不佳怎么办

妈妈们发现宝宝"不爱吃东西"的时候，都会焦急万分，以为孩子生了什么病了。其实，宝宝不爱吃东西往往不是生病，妈妈们只要了解了宝宝为什么食欲不佳，"对症下药"，问题很容易就解决了。

当宝宝有食欲不佳的表现时，妈妈应先注意一下，是否有以下的情况发生。

（1）母亲的食欲不佳

我们知道，由于遗传、体形或活动量等方面因素的影响，每个人对营养的需求量是有很大差异的。宝宝们也是这样，个体差异导致食欲差异，妈妈们不能用别人的孩子的饭量，来判断自己孩子的食欲。

（2）正常的生理现象

宝宝的食欲时好时坏，这是正常的生理现象，妈妈们不用担心。宝宝们和大人一样，可能会在夏季炎热的时候食欲不佳，食量减少。另外，由于天气闷热，孩子们休息、睡眠都较凉爽的季节差，胃肠道的活动受到影响，会导致食欲不佳。夏天孩子大量饮水，胃液被冲淡也会导致食欲不佳。

（3）心情好坏影响食欲

孩子们和大人一样，有时候也会对喜爱的食物失去兴趣，宝宝心情不好的时候，往往会影响到他们的食欲。饭前妈妈要注意宝宝的情绪，维护愉快平和的气氛。如果生气、过分兴奋都会影响食欲。

（4）吃得过多

有的孩子会由于身体不舒服或吃得过饱而不想吃东西，这时妈妈们千万不要强迫孩子吃饭，强迫只能得到更糟的结果。如果宝宝不想吃，那么就不吃，这顿少吃一点，也许下顿会吃得更香了。

（5）缺乏微量营养素或生病

如果宝宝较长时间一直食欲不太好，甚至影响到宝宝的生长发育，那么就要去医院请医生帮忙，给孩子做个全面检查，及时纠正。因为，缺锌、缺铁都可导致食欲不佳，宝宝身体不舒服或有口腔疾病，也会有食欲不佳现象。

（6）不良习惯

爱吃零食的宝宝不爱吃饭。妈妈们给宝宝吃点心的时机不当，导致宝宝用餐时间没有规律，过多地喝牛奶、饮料等，都会抑制宝宝食欲。

不能很好地咀嚼。在宝宝该添加辅食的时候，没有科学地进行按时及按规律添加，孩子在应该锻炼咀嚼能力的时候没有得到应有的锻炼，咀嚼能力不强，稍硬的食物就只能加些汤水才能吃下去，汤水会冲淡胃酸，导致食欲减退。

（7）吃饭前1个小时给宝宝吃些水果，喂些水，宝宝吃饭会更香

这样可以增加胃酸的分泌，而且有利于食物的消化吸收。因为，如果宝宝饭前很渴，肯定不愿意吃饭，如果在吃饭的时候给宝宝喝水，又会冲淡了胃液，使得食欲变差，消化吸收的能力也下降了。所以，饭前1小时喂水果及水，对宝宝很重要。

小贴士

对付不爱吃饭的宝宝，可以和孩子做一个尝菜游戏，吃饭时要求每盘菜都要尝一口，最初，只要求尝一点点就可以，以后慢慢想各种名目鼓励他多尝。

如果有的菜孩子实在不喜欢，就不要强求。不要把这个游戏变成一种奖罚，那样会让孩子觉得吃饭是在为爸爸妈妈做事情。

护理宝宝须知

 孩子会走路后防止意外伤害

　　16个月的孩子大多数都已经会走。婴幼儿只要脱手独立行走，他的活动范围就变广了，加上好奇心驱使，很容易发生意外，其中摔伤、烫伤最为常见。婴儿刚开始走路时，脚步还不稳，很容易摔倒，而且脑袋也容易碰撞到桌椅的棱角，因此，如果条件许可，让孩子在空旷的房间里玩，危险的地方贴上海绵或橡胶，可以降低危险系数；把屋门的门钩挂上，防止他自己出门，并从楼梯上摔下来。

　　烫伤也是这时期幼儿经常发生的事，家长应抓住机会教育他，如看见孩子想用手去摸暖气、热饭碗、火炉等，大人应赶紧先将自己手指触一下这些东西，然后急忙缩回，喊"烫""疼"，孩子看后，就不敢动手去摸了。更重要的是把能造成烫伤的危险品移开或加上防护措施，如热水瓶不要放在桌子上，熨斗等电器要放在孩子够不着的地方，桌子上不要摆放桌布，防止孩子拉下桌布，弄倒桌上的碗而烫着自己，暖气或火炉的周围要设围栏，厨房的门应锁上，以防孩子迈入，被热粥、开水烫着。

　　总之，孩子不知道什么地方有危险，更不知道用什么方法保护自己，父母应负起预防孩子发生摔伤、烫伤等意外事故的责任，把预防意外发生放在第一位。

防止宝宝上呼吸道感染

上呼吸道感染简称"上感"或"感冒"，主要指鼻、咽部等上呼吸道黏膜的急性炎症。包括鼻炎、咽炎、喉炎、扁桃体炎、鼻窦炎等，当多个部位同时受累发炎，则统称上感，是婴幼儿的常见病、多发病。一年四季均可发病，但以冬季和晚秋、早春季节多见。预防上呼吸道感染的措施如下。

① 加强身体锻炼，增加户外活动，增强机体抗病能力。

② 讲究卫生，合理护理，根据天气变化适当增减衣服；居室要定期通风换气，室温勿过高或过低，并保持一定湿度。

③ 在寒冬季节，尽可能不带宝宝去公共场所，以防交叉感染。

④ 家中有上感病人，应尽量与宝宝隔离，如无条件隔离，应戴口罩。

⑤ 在疾病流行期，室内定期用食醋熏蒸，可用板蓝根、金银花、菊花等煎服或代茶饮。

急性上呼吸道感染本身预后多良好，但若治疗不及时，病儿体质弱，也可引起许多并发症。因此，尽管上感不是一个严重的疾病，但却是百病之源，应积极治疗，并对上感病儿精心护理。

宝宝上呼吸道感染的护理

宝宝上呼吸道感染有90%是由病毒引起的，因此遇到宝宝感冒并伴有发热咳嗽时，不要一上来就服用抗生素，应该以清热解毒，止咳化痰的中药为主，如果合并了细菌感染，比如，细菌性肺炎，可以在医师指导下服用抗生素。退热药一般每隔4小时才能喂一次，而且低热或中度发热可以不服退热药，高热时（38.5℃以上）再服，如果服药后发热不退，又没到4小时，可以采取物理降温的方法降温，比如用温水擦拭大腿根部、双腋窝部，头枕凉水袋等。

休息和营养对疾病的恢复非常重要，俗话说："三分治七分养。"要让宝宝多喝水、多休息。有些宝宝病情不太重，家长也不要带他去买玩具、逛公园，这样会使病情加重。一定要多喝水，用以补充发热消耗的体液，促进毒素的排出。饮食以流食、半流食为好。如果食欲不好或呕吐，可以适当增加吃奶次数，每次量少一些，菜汁和蔬菜水不要减少，因它们包含维生素和矿物质，对疾病的恢复有好处。

要让宝宝在安静、舒适的环境休息好，尤其注意保持室内通风，空气清新，冬季房间内有暖气，不能太热并保持合理湿度；一定要定时开窗通风，上下午各一次，每次15分钟左右；家长绝对不能在室内吸烟。

在呼吸道感染时，鼻腔、气管分泌物很多，会造成呼吸不畅，鼻孔内如果干痂太多，可以用棉签蘸凉开水，慢慢湿润后轻轻掏出来。如果宝宝有俯卧睡眠习惯，此时应保持侧卧，以免引起呼吸困难。在护理宝宝过程中，多注意观察他的精神、面色、呼吸次数、体温的变化，如果宝宝有高热惊厥史，体温高于38.5℃就要服退热药，以免引起抽风。

智能体能发展

智能、体能发育

表3-2　16～18个月幼儿智能、体能发育

项　目	发　育　状　况
大动作能力	会摆动双臂向前小跑，牵一只手（或扶栏杆）可上台阶。能抬脚踢球，能举手抛球
精细动作能力	能模仿画出许多线条，从瓶里倒出小球并装回去
认知能力	能从一堆熟悉的物品中，鉴别出不同形状、颜色和用途的物品；容易记住印象强烈或带有情感的事物；注意力集中时间短，对感兴趣的事物和现象却比较着迷，喜欢长时间的重复；具有简单的联想能力，如看到弯曲的树枝会说"7"；能够针对物体的本质理解简单的分类概念
语言能力	会用词回答"这是什么？"，会说3～5个词，会说父母的名字，会说出常用东西的名称（四件），会说3～4句的儿歌，会用代名词"他"、"你"
情感与社交能力	能从衣着打扮判断别人性别；能将自己的形象和加在自己形象上的东西明确区分；分离焦虑达到顶峰，特别喜欢和同伴玩，喜欢社交性游戏，单独游戏慢慢减少；出现最早的遵从成人吩咐的能力

1. 语言发展的特点

（1）会说2～3个词的句子，如"妈抱"、"上班"。

（2）说出自己的小名。

（3）用词表达想要的东西，如食物、饮料及玩具。

（4）知道两个亲近人的名字；知道两个同伴的名字。

（5）第18个月左右，能将单个的单词连成句子来表达一种想法。

（6）会用声响给日常生活中常见的物体命名。例如把"狗"称作"汪汪"，用"嘘嘘"声代表小便。

2. 促进语言发展的小游戏

【游戏一】

- **游戏名称**：听学三字儿歌，如《开汽车》。

- **训练目的**：使孩子说话的频率增加，而且可以促使语言能力不断提高。

- **训练方法**：

让宝贝反复听三字儿歌《开汽车》，听懂儿歌的内容，并指导宝贝模仿开车的动作。

儿歌："小汽车，嘀嘀嘀，开过来，开过去。小宝宝，当司机，送妈妈，上班去。"

成人手拿自制的"红灯"、"绿灯"纸牌，说："汽车开啦！"宝宝就拿着"方向盘"向前走；成人说："红灯亮了！"宝宝就停住；成人说："绿灯亮了！"宝宝再继续向前走。

【游戏二】

- **游戏名称**：我是汽车小司机。

- **训练目的**：会用"大""小"来表述物体。

● **训练方法：**

宝宝手拿"方向盘"当小司机，在场地四周自由地开着汽车，成人也同宝宝一起开汽车并说："我开大汽车。"引导宝宝说："我开小汽车。"引导宝宝说"红灯亮"，成人和宝宝都停下，再引导宝宝说："绿灯亮"，成人和宝宝再继续开。

 # 大动作发展

1. 大动作发展的规律

走：站立是行走的前提。

18个月：走路稳，可停可走，可倒退走，可拿玩具走。

当儿童能够行走自如时，标志着他已经成为了一个直立的人。

跑：走是跑的前提。

18个月：跑步僵硬，不能绕障碍物。

蹲：蹲可以锻炼下肢的力量，是跳的前提。

18个月：会蹲下来找东西。

上下楼梯。

17～18个月：扶栏杆走下1～3个台阶。

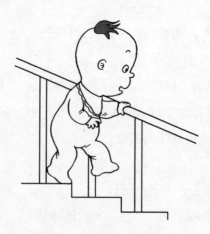

图3-1　扶栏杆可下楼梯

跳：

婴幼儿时期，"跳"这一技能发展的关键在于立定跳远，因为立定跳远是最基本的动作，其他的跳跃活动是立定跳远的变形。

图3-2 试着跳一步

2. 促进大动作发展的活动

【游戏一】

● **游戏名称**：看谁扔得远。

● **训练目的**：练习向前扔动作。

● **训练方法**：

方法1：选大小适合宝宝玩的皮球，妈妈先示范举双手过肩用力将皮球抛出，然后再教宝宝站好，举手过肩用力将皮球抛出去，也可以用小的球如网球、小皮球等，教宝宝用一只手举过肩用力将球抛出去，也可以两个人互相抛球，练习向前投掷的动作。

方法2：妈妈同宝宝一起玩球，可以滚过来滚过去地玩，还可以在前面放几个空塑料瓶，用皮球滚过去把塑料瓶打倒，妈妈同宝宝比赛看谁打倒的瓶子多。然后再放一个大纸箱，妈妈先示范把球投进去，再让宝宝练习把球也投进去。滚球打倒瓶子和投球进箱的距离可以先近一些，再远一些。

【游戏二】

● **游戏名称**：独走。

● **训练目的**：训练独走的各种能力，发展身体平衡协调能力。

● **训练方法**：

方法1：在宝宝伸手够得着的地方系上一根长绳，在绳上隔几步，挂上一个宝宝易取的各种小玩具，近处放一个小筐，鼓励宝宝走过去把玩具拿下来放到筐里，一边走一边取玩具，每次取到玩具，妈妈都要及时给予鼓励。

方法2：利用户外自然斜坡或准备一块宽35～40厘米、长1米左右的厚木板，一端垫高约10厘米左右，做成斜坡，开始妈妈扶宝宝慢慢走上斜坡，再慢慢走下斜坡，反复练习，当宝宝能走稳以后，再鼓励宝宝自己独走斜坡，根据宝宝的能力，可以逐步增加斜坡的长度和高度。

方法3：先在平地上画两条10～15厘米宽的平行线，宝宝站在平行线的一边，妈妈拉宝宝的双手，让宝宝从一边双脚跳起到平行线的另一边来。然后再准备一个10～15厘米高的凳、椅、砖头或台阶，先扶宝宝上去，再让宝宝双脚从高处跳下来。还可以鼓励宝宝自己走上跳下。

 精细运动发展

Ⅰ. 精细运动发展规律

抓握

15～18月：拇食指横握笔，其余三指微握呈中空状。

视觉—运动协调

15～18个月：搭起2～3块积木，将两块形状板放进相应的孔中。

2. 促进精细运动发展规律

【游戏一】

- **游戏名称**：画一画、涂一涂。
- **训练目的**：锻炼手指动作和色彩感知。
- **训练方法**：

（1）妈妈用彩笔在白纸上画一些图形，如皮球、气球、毛线团等，引起宝宝涂画的兴趣。然后教宝宝用手指控制彩笔，模仿妈妈在纸上画线条，在画好的"饼干"上画小点点"芝麻"等或随意涂画。

（2）让宝宝坐在高矮适合的儿童桌椅上，把彩笔递给宝宝，妈妈用语言鼓励宝宝自己在纸上画："宝宝画一画"、"画毛线"、"画皮球"等，开始也可以扶着宝宝的手在纸上来回连续画出彩笔道，引起宝宝的兴趣，然后鼓励宝宝自己画，当宝宝能连续用笔来回绘画时，及时表扬"画得真好"。

（3）准备大一点的纸张（用过的挂历纸）。涂鸦是宝宝的最爱，让宝宝不灵活的手去自由自在地涂，用各种颜色的蜡笔让宝宝在纸上涂。注意不要把蜡笔一起给宝宝，先给一种颜色，宝宝兴趣低了时，换一种颜色笔。也可以设置一个范围，让宝宝尽量在限定的框内涂画。也可以在宝宝画出的直线、曲线中适当地勾画一下，让它变成某一种形状，增加宝宝兴趣。

【游戏二】

- **游戏名称**：灵巧的小手。
- **训练目的**：练习手眼协调，手指的小肌肉运动。
- **训练方法**：

（1）出示尼龙绳和许多彩色木珠，妈妈跟宝宝一起玩，把五颜六色的木珠穿起来，做成一个漂亮的项链，挂在宝宝的脖子上，引起他对穿珠子的兴趣，然后妈妈示范把尼龙绳穿进木珠洞眼，启发宝宝一手拇指、食指捏木珠，另一只手拿尼龙绳，把尼龙绳穿进木珠洞眼，成功了，予以鼓励。

（2）准备塑料泡沫镶嵌的图形（动物、用品、植物）。先让宝宝看镶在图形中的是什么，如果是动物，可以告诉宝宝动物和宝宝一样要从家里出来玩，宝宝去抠抠它，让宝宝用小手把图形一块一块抠出来。抠出来后再让宝宝看，然后让宝宝再一个个镶上去，告诉宝宝动物要回家找妈妈了。可以用不同的动物让宝宝抠镶，以提高宝宝的兴趣。

注意事项：选择塑料泡沫镶嵌图形要简单，最好只有一两个拼图。

（3）用鞋盒、纸盒做成蜂窝盒。上面有大小不同的洞，粗细不同的吸管。让宝宝用粗细不同的吸管去插洞，告诉宝宝洞有大小，当宝宝插入不顺利时，要告诉宝宝管子有粗细，让宝宝用粗的管子去插大洞，细的管子插小洞洞。宝宝在插的过程中会慢慢体会大和小的区别。

 认知发展

I. 认知能力的发展规律

（1）对动物的兴趣比植物高。

（2）能够从一堆熟悉的物品中，鉴别出不同形状、颜色和用途的物品。

（3）能够找到藏起来的东西。

（4）容易记住印象强烈或带有情感的事物。

（5）能够记住自己常用的物品，如哪个是自己用的毛巾，哪个是妈妈用的毛巾等。

（6）喜欢重复操作感兴趣的事物。

（7）开始有了联想。如看到红色包装袋，能联想到红色的衣服。

（8）能够根据物体的大小、形状、颜色及用途等特征进行简单分类。

2．促进认知能力发展的游戏

【游戏】

- **游戏名称**：玩具要回家。
- **训练目的**：锻炼宝宝的简单分类能力。
- **训练方法**：

游戏前，准备家中常用物品若干，如妈妈的各种化妆品瓶，宝宝的玩具，各种颜色的画笔等，再准备几个小筐。游戏时，将各种准备好的物品散乱地摆放在地板上，家长可和宝宝一起逐一挑出地板上的物品，按照相同类的物品放在同一个筐里。成人可给宝宝一些适当的引导，如先将每种不同的物品挑出一件，各放在一个筐里，告诉宝宝"这是他们的家"，再让宝宝挑出同类的物品。

社会性发展

1．社会性的发展规律

（1）能分辨周围伙伴的性别，但不理解性别的本质。男孩可能认为他穿上花裙就是女孩；女孩可能认为她剃成短发就是男孩。

（2）能将自己的形象和加在形象上的东西区分，如知道手镯是加在身上的东西，而不是身体的一部分。

（3）分离带来的痛苦达到顶峰。

（4）特别喜欢和同伴玩，单独游戏现象减少。

（5）一个宝宝的行为能得到另一个宝宝的反应。相互熟悉的宝宝一起时会经常对笑、说话、伸出手臂和相互给予玩具，也会争夺玩具、打架、咬人、抓头发。

（6）出现最初的遵从成人吩咐的能力，会执行简单的命令。

（7）要坚持自己独立做事，会有无理行为、发脾气。

（8）会辅以手势、表情表达需要，并尝试各种行为，以观察别人的反应。

（9）开始表现出对食物的偏好。

（10）对黑暗和某些动物产生恐惧。

2. 社会性发展的教育指导

给孩子的装扮要符合其性别。

临床心理学的研究显示，很多同性恋者在年幼时，父母曾有给他们穿异性服装、做异性装扮的经历。虽然这不是引发同性恋的唯一因素，却是相关因素。孩子现在尚不能理解性别的本质区别，他仅从服饰、装扮来判断。因此，孩子常以为：我穿着裙子我就是女孩，诸如此类；父母不要图好玩或满足某些愿望给孩子着异性服装，防止对他认识性别造成干扰。

婴幼儿保健专家提示

及时发现宝宝营养不良

这个阶段的宝宝体重增长速度减慢，3个月仅增加0.5千克，每个月平均增加不足0.2千克。但总体的营养素却要求较高。如果辅食添加不当，很容易引起营养不良。

营养不良通常表现为发育迟缓、食欲欠佳、抵抗力弱、容易生病等。临床上将营养不良分为三度，轻型表现为：体重低于正常平均体重的15%～25%，腹部脂肪厚度在0.4～0.8厘米，肌肉轻微松弛，皮肤颜色正常，体温、身长和一般状态尚可。如无及时保健指导，甚至可发展为重度营养不良，但目前在我国极少见。

宝宝患遗尿症怎么办

宝宝遗尿症绝大部分是功能性的，突受惊吓、过度疲劳、睡眠过深、生活环境改变、失去父母照顾或不正确的教养等都可导致遗尿。另外，男孩的包茎、女孩的外阴炎、蛲虫病、隐性脊柱裂、大脑发育不全等也会导致遗尿。

事实上，遗尿症并不是什么大病，但会给宝宝的生活和心理带来不良影响，因此，家长不能忽视。平时注意给宝宝建立合理的生活制度，白天避免过度疲劳；每天午睡1～2小时，避免夜间睡眠较深；睡前少饮水，晚餐不要吃得太咸，少喝水；家长要夜间提前叫醒排尿，改变不良习惯等。家长要鼓励和安慰宝宝，减轻他的心理负担，切忌采取打骂、嘲笑和责罚的方式。

如果是因为某些疾病所导致的遗尿，要及时治疗。

医学上认为宝宝3岁以后白天不能控制排尿或不能从睡觉中醒来而自觉排尿，称为原发性遗尿症，有些幼儿2～3岁已能控制排尿，至4～5岁以后又出现夜间遗尿，称为获得性遗尿症。

本年龄段宝宝有什么预防接种

按照免疫规划要求，18个月的孩子应该接种百白破三联疫苗加强针、麻疹、腮腺炎、风疹三联针和甲肝疫苗（甲型肝炎疫苗）。但这三种疫苗一般不同时接种，应该分别接种。

接种过麻疹、水痘疫苗还会患麻疹或水痘吗

一般来说，儿童接种各种疫苗后是可以预防相应疾病的，即使再得病，也会比没有经过预防接种的病情轻，并发症少，好得快。但不能保证接种某种疫苗后就绝对不再得那种病。这是因为疫苗接种产生的抗体远远不如自然感染产生的抗体在体内持续时间长。当接种的疫苗产生的抗体水平降低到一定程度后，机体的抵抗力就不能对抗病毒的侵袭，就会得病。不同疫苗接种后产生的保护时间不同。即使是同一种疫苗，其效果也会因个体差异、接种时机、接种针次、免疫途径等而不同。一般麻疹疫苗接种后7～10天开始产生抗体，首次接种后产生的抗体可以保护3～5年。现在有麻疹、风疹、腮腺炎疫苗可作为1岁半幼儿麻疹疫苗的加强疫苗，接种后产生的抗体保护时间较长。水痘疫苗一般接种后6周产生抗体，其预防效果也可持续10年以上。

第四章

19～21个月

身体生长发育

体重

幼儿体重增长有自身的规律，出生后体重增加的速度与月（年）龄密切相关。

（1）以2006年WHO推荐的母乳喂养《5岁以下婴幼儿体重和身高评价标准》为参照值，19 ~ 21个月幼儿体重参考值可参见表4-1。

（2）以2005年中国九市7岁以下不确定喂养方式儿童体格发育调研测值为参照值，19、20、21月龄幼儿体重参考值分别为：11.89千克，12.14千克及12.39千克。

19 ~ 21个月 幼儿体重、身长、头围、体质指数（Kaup 指数）的参考值

参见表4-1。

表4-1　19 ~ 21个月体格发育参考值

性别	项目	体重/kg ± s	身长/cm ± s	头围/cm ± s*	Kaup 指数/ ± s
男童	19月	11.14 ± 0.11	83.2 ± 2.8	—	16.1 ± 1.25
	20月	11.35 ± 0.11	84.2 ± 2.8	—	16.0 ± 1.25
	21月	11.55 ± 0.11	85.1 ± 2.9	48.3 ± 1.3	15.9 ± 1.25
女童	19月	10.44 ± 0.12	81.7 ± 3.0	—	15.7 ± 1.35
	20月	10.65 ± 0.12	82.7 ± 3.0	—	15.6 ± 1.35
	21月	10.85 ± 0.12	83.7 ± 3.1	47.2 ± 1.4	15.5 ± 1.35

注：身长取卧位测量；*头围测值摘自2005年中国九市7岁以下儿童体格发育调研测值，s 为标准差。

喂养知识

19个月宝宝喂养要点

1. 基本技能的进展

此时宝宝的咀嚼功能有了显著进步，会运用上下切齿，把比较硬的食物咬断，所以可以吃一些比较硬的食物了。宝宝已经不满足用勺子吃饭了，开始跟你抢筷子，给他一双筷子，宝宝会很容易学会使用。做菜时不要放入过多的油，不然会养出肥胖儿。宝宝断奶并不意味着不再喂奶，3岁之前要一直给宝宝喝奶，晚上睡觉前喝奶后要清洁口腔，这个阶段的宝宝可以让他试试用杯子喝奶。

2. 吃零食的原则

一点零食都不让宝宝吃是很难做到，也不现实。妈妈需要掌握给宝宝吃零食的基本原则：

（1）不能因为吃零食而影响正常饮食摄入；

（2）吃饭前1小时不能给宝宝吃零食；

（3）有危险的零食不能给宝宝吃，如瓜子、花生、豆子等；

（4）少吃或最好不吃高热量、高糖、高脂肪的零食；

（5）不吃过多添加色素、调味料、添加剂的零食；

（6）注意零食的生产日期，即使在保质期内，打开包装后也要检查一下食品是否变质；

（7）购买零食时，要注意包装是否合格，是否明确标注了生产日期、生产厂家详细地址、保质期、食品原料及所含成分列表，如果是真空包装，观察是否有漏气、胀气；

（8）每天零食总量不超过25克。

3. 如何有计划地给宝宝加零食

幼儿需要一天多餐，在1～2岁阶段的宝宝除了一日三餐外，需另加两次小点心，小点心可以理解为宝宝的零食。这个阶段给宝宝加零食有如下意义。

（1）吃零食是孩子的一大乐趣。既然是乐趣，就要给予孩子。

（2）零食也算是一天营养中的重要组成部分，如果不能有计划地给孩子吃零食，而是随时吃零食，就可能会发生孩子到吃饭时还不太饿的情况，这样会使幼儿的食欲减退，少吃正餐将减少正常营养的供给。

在这个阶段，零食还有一个重要的作用：让孩子学会咀嚼，尤其是对于那些只知道吃成品乳制食品，而不懂得咀嚼的幼儿来说更为重要。

4. 怎样给孩子吃健康零食

（1）一天两次零食。孩子在2岁前，妈妈们不能给他们养成乱吃零食的习惯。一般来讲，应该是每天三次正餐，两次零食就够了。因为孩子的胃容量较小，盛不下过多的食物，少吃多餐是正确的，正餐与零食的完美结合，可以让孩子吃到多种类型的食物，但要注意不能无限制地供应零食，要掌握好一个量。

（2）固定时间给零食。给孩子吃零食要有比较固定的数量和时间。一般在饭前和睡前不给吃，特别是晚上睡前更不能让孩子吃甜食，否则容易引发龋齿。妈妈们的合理安排，能保证宝宝吃得健康，吃得开心。

（3）选择理想零食。理想的零食既能够为孩子提供合适的营养，还能提供合适的热量，并且不损害牙齿，这些零食包括新鲜的水果、蔬菜、奶酪、全营养面包等。少吃糖块、巧克力、奶糖、冰淇淋圣代、葡萄干等很高热量的零食，这些食物容易损坏牙齿，最好少吃。

（4）一举多得。可以将苹果、梨子切成片给孩子吃，也可以给些酥脆饼干等，可以起到练习咀嚼的作用。为了引起宝宝的兴趣，可以把水果切成不同的形状，吸引宝宝多吃。让宝宝一起参与做零食工作，比如切切水果，除了能引起他们吃的兴趣以外，还能培养他们的动手能力。

 小贴士

对于宝宝危险的零食有：

（1）花生、瓜子和豆类等各种坚果。这些食品质地坚硬，宝宝不易嚼碎，并且体积小，极有可能被宝宝呛入气管，危及生命。这种例子是很多的，妈妈们不要冒险。这类食品脂肪含量高，不容易消化，不要超量进食。

（2）果冻这种含有胶类的食物也有可能会呛入气管，不要给宝宝吃。

（3）妈妈要特别小心避免将容易导致过敏反应的食物给孩子。

（4）剩饭剩菜对宝宝来说也是危险食品之一，变质的饭菜会引起腹泻，严重的甚至会引起中毒。宝宝喜欢吃的饭菜，最好现吃现做，放在冰箱里的不宜超过24小时，再次食用要充分加热煮沸或蒸透，以防食物被病菌污染，导致宝宝腹泻或患病。

 ## 20个月宝宝喂养要点

这个月的宝宝已形成一日三餐的规律，要求食物多样性，膳食结构合理，但要控制吃零食的时间和种类。家长可以花些心思把平常的食物改变一下制作方式，成为孩子口中的美味。最好降低家庭餐桌的高度，让宝宝坐在小凳子上就能够着吃饭，如果坐得"高高在上"，有些宝宝会因为远离地面而没有安全感。如果宝宝偏食，妈妈不要硬逼着宝宝吃他不喜欢吃的食物，而是想办法烹调出宝宝喜欢吃的菜肴。宝宝做什么都喜欢模仿爸爸妈妈，如果不希望宝宝边吃饭边看电视，爸爸妈妈就不要边吃饭边看电视。

做好一天三餐的饮食安排是重点，现试举例说明如下。

早餐

鲜牛奶或配方奶150毫升左右，面包片一片，鸡蛋一个，西红柿一片。如果宝宝胃口比较小，可在起床后就喝奶，半小时或1小时后再吃面包片、鸡蛋和西红柿。如果宝宝不爱吃鸡蛋，可以把蛋黄放在奶中，蛋清夹在面包片或西红柿中。有的妈妈早餐喜欢给宝宝吃粥，如果早餐已经有奶了，再吃粥，宝宝的胃容量没有那么大。

上午加餐

苹果一个或半个，也可以给宝宝吃一片苹果，一瓣橘子，或两粒葡萄，根据宝宝喜好选择一两种，不要太多。

午餐

米饭：最好是二米饭或豆米饭；炒菜：肉末炒土豆、胡萝卜碎丝，或虾沫炒西兰花、胡萝卜碎块；汤：如果是肉末炒菜，可配虾皮白菜汤或海米冬瓜汤；如果是虾沫炒菜，可配鸡蛋黄瓜汤或肉末丝瓜汤。午餐是一天中最重要的一餐，一定要认真为宝宝准备。

下午加餐

水果一两种：梨一块、猕猴桃半个或草莓两个或西瓜一块。酸奶125毫升左右。如果宝宝胃口比较小，水果和酸奶可分开吃，间隔半个小时左右。

晚餐

馒头：可以是白面馒头，也可以是紫米面馒头、豆面馒头、红薯面馒头、枣面馒头。

炖菜：豆角炖肉、白菜豆腐炖肉（冬季）；清蒸鲈鱼，肉末蒸蛋（夏季）。**汤**：银耳红枣汤或绿豆汤（夏季）、红豆汤（冬季）或紫菜虾皮汤。也可只给宝宝做一种汤：面条、面片或面疙瘩，放上一两种菜，再放上肉末或虾肉。也可给宝宝做肉菜粥，里面至少要放一种肉，两种菜，一种米。

睡前加餐

睡前加餐最好选择奶类，鲜牛奶、配方奶或酸奶，奶量应根据宝宝需要，能喝多少喝多少。不必强求达到规定量。如果宝宝不想在睡前吃加餐，也不要强求。要在睡前半个到一个小时吃，否则会影响宝宝牙齿健康，也会让宝宝胃不舒服，晚上闹夜。睡前加餐不宜选豆浆，如果宝宝爱喝豆浆，可放在早晨或非睡前加餐中。

21个月宝宝喂养要点

尽管宝宝已经到了换乳期，一天吃三顿正餐，并不意味着宝宝再也不需要喝奶了。幼儿配方奶、鲜奶、酸奶、奶酪以及其他奶制品，每天仍应食用。建议每天喝300毫升左右的鲜牛奶或配方奶；其中也可喝125～250毫升的酸奶，或吃一两片奶酪，代替部分奶量。要根据宝宝的喜好，选择不同的奶制品。食量存在着个体差异。即使同一个宝宝，在不同的生长发育阶段，同样存在着一定的差异。妈妈千万不要认为，随着月龄的增加，宝宝的饭量会越来越大，所需的营养物质越来越多。宝宝的饭量和所需营养物质，不可能无止境地增加，相反，21个月的宝宝短期不如15个月时能吃，也是常有的事。

多钙食谱的制作方法

1. 虾皮豆腐羹：将豆腐捣成泥状，放入洗净剁碎的虾皮，再磕入鸡蛋，放少量葱花、细盐一起调匀，边搅边加入适量水，搅成稀粥状，上屉蒸15分钟，即成。吃时点些香油提味。

2. 肉末香干油菜丝：将瘦猪肉剁成肉末，将豆腐干切成细丝，油菜洗净切丝。热锅放点油，下肉末煸炒。随后放入葱花、豆腐干丝，添适量水，烧片刻，再投入油菜丝，翻炒片刻，加入细盐即成。

3. 蛋皮虾仁如意卷：将鸡蛋磕入碗内调成蛋液，摊成蛋片，将虾仁洗净切碎。豆腐捣成泥状，再与虾沫、葱末、少许植物油、细盐以及适量淀粉浆搅匀。然后抹入摊开的蛋皮上，分别由两边卷至中间，相接处抹淀粉糊使之粘牢，码入盘内蒸15分钟。食用时切成小段。

护理宝宝须知

患传染病的父母或养育者，护理宝宝时有讲究

不同传染病要有不同的预防措施。如果父母或养育者患的是呼吸道传染病，那他们打喷嚏、咳嗽时呼吸道喷出来的飞沫就具有传染性。首先他们在打喷嚏或咳嗽时要避开孩子。

护理孩子的时候，尽可能戴上口罩。屋内要尽量开窗通风、换气。通过开窗通风，不仅可以减少空气当中病菌或病毒的含量，如果有阳光照射，还可以杀灭空气当中的病菌。另外，地面和桌面可以用含氯消毒剂进行消毒。但消毒时，应该让宝宝暂时离开，等消毒剂气味散去后再抱宝宝进屋内。

如果看护者患的是消化道疾病，如痢疾、感染性腹泻等。这些疾病主要是经口传播的。所以在护理宝宝前要认真洗手，以免手上的病菌沾到宝宝的玩具或其他生活用品上。大便、呕吐物以及厕所马桶要用消毒剂消毒。使用的餐具也要进行煮沸消毒。并且要与宝宝分餐。如果为血源性传染性疾病请参考以下"乙肝"的注意事项。

父母或养护人为乙肝表面抗原阳性或艾滋病毒携带者，在护理婴幼儿时的注意事项

乙肝和艾滋病都属于经血液传播的疾病，体液也有一定的传染性。

这类传染病一般生活接触是不会传染的。但是宝宝的父母和养护人随时随地和宝宝在一起，如果不加注意就会增加传播给宝宝的机会。如果母亲患此种传染病，最好不要用母乳喂养，因为这类疾病的病毒有可能经过乳汁分泌，母乳喂养也会增加宝宝被传染的可能性。有些家长习惯将宝宝的食物放到自己嘴里先试一下温度，然后再送到宝宝口中，这是一种不好的习惯。如果患有这类传染病的家长，就更应该杜绝这种习惯。宝宝的用品如餐具、水杯、毛巾、牙刷等要与家长分开。无论家长还是宝宝如有皮肤破伤，都要隔离，以免通过伤口传播病毒。

智能体能发展

1.5～2岁幼儿早期教育

　　宝宝常常把"不"或"不要"挂在嘴边，其实，宝宝要证明自我的存在，证实自己的能力，这些都是智能进一步发展的表现。家长要想方设法为宝宝提供安全探索的空间，给他足够的自由去做自己喜欢的事情，并巧妙地将宝宝的冲动引导到积极的方向。遇有不良的行为则应采取冷淡和转移注意力的办法来对待，逐步帮助宝宝了解和熟悉社会行为规范。

　　这个阶段要进一步发展宝宝协调能力和平衡能力，练习上下台阶和蹦蹦跳跳。除了徒手操作外，学习使用工具也是这个阶段很好的游戏，如用小槌敲打乐器或玩具。给宝宝选择一些适合他兴趣的画册，平时经常跟宝宝说话，说说社会生活的基本常识，培养秩序意识也应该纳入游戏的内容，如玩过的玩具要收拾好。许多生活中的点滴小事都可以变成培养宝宝良好行为习惯的游戏。

　　这个阶段对家长真正是一个考验，要是过分地限制或者控制孩子，可能会打击他的自信心，损伤他的创造精神。相反，要是过分地顺从甚至纵容他，将会在不知不觉间培养了宝宝的坏习惯和不良的生活态度。

第四章　19～21个月

77

智能、体能发育

表4-2　19～21个月幼儿智能、体能发育

项　目	发　育　状　况
大动作能力	能向前跑两米，牵手能下楼
精细动作能力	会一页一页翻数页书，能搭6～7层积木，会用蜡笔画直线
认知能力	能够区分三种以上物体的形状，同时能够准确地将不同形状的物体，通过不同形状的缺口放到容器中；视觉注意力的时间比较短，大约在两分钟左右；能够进行注意力的分配；对放在固定地方的物品有了记忆，如宝宝的小尿盆，家里的拖鞋等；想象开始萌芽，能把记忆中现实生活里的成人动作，结合当时游戏的新情境萌发出想象；能够从1数到10，但对数的概念理解还是非常肤浅的，仅仅是通过机械记忆能够记住数字的顺序而已
语言能力	会用词回答："××到哪儿去了"，会用词回答"谁来了"，会问："××到哪儿去了"，会说4首以上儿歌，会问："这是什么"，会问："那是谁"
情感与社交能力	对陌生成人的恐惧明显下降，但对陌生孩子的警觉明显增加。知道对于同一件事物，不同的人会有不同的感受

 语言发展

1. 语言发展的特点

此阶段，幼儿似乎突然开口，说话的积极性很高，语词大量增加，出现了"词语爆炸现象"。从1岁半开始，幼儿词句的掌握迅速发展，由单词句到双词句再到完整句。此时是幼儿掌握词语的第一个关键期。

（1）进入语言发展加速期，会说50个字。能够清晰使用9～12个字，能将2～3个词组合起来，最终达到会说3～5个字的句子。

（2）说出自己的名字。

（3）会用"我的"。

（4）会说"不要"。

（5）懂得"上面"、"下面"。

（6）会按要求将物品递给人或放在桌子上。

（7）说话常会省略词首或词尾的辅音。如niú（牛）说成yoú（油），xing xing（星星）说成xixi（西西）。

（8）常用浊辅音替代清辅音。如gege（哥哥）说成dede（得得）。用擦音替代词首的塞音，如cha（茶）说成ta（他）。

（9）可以脱离具体情境，准确把词与物体或动作联系起来。如让他把玩具狗拿来，能从一堆玩具中挑出。

（10）词的概括性逐渐形成。如由只认识穿红衣服的娃娃，过渡到把穿不同衣服的娃娃都叫娃娃。

（11）逐渐能按照成人的言语指示去支配和调节自己的行为。

2. 促进语言发展的小游戏

【游戏一】

● **游戏名称**：我认得这是哪里。

● **训练目的**：促进语言理解能力。

● **训练方法**：

家长拿出拍有街道、商店、游乐场、公园等场景的照片与宝宝一同观看。妈妈边看边问："哪儿是大街？""哪儿是公园？"

宝宝指认。

妈妈再问："我们一起去公园好不好？"

引导宝宝简单回答。您可要真的带宝宝去公园玩哦！

【游戏二】

● **游戏名称**：宝宝看书。

● **训练目的**：喜欢看书听故事。

● **训练方法**：

将宝宝撕不烂的稍厚一些的书给宝宝看，鼓励他自己翻书看书，产生对图书色彩及图像的兴趣。

为宝宝提供一批种类不同的图书，如五官、身体、水果、小动物等，讲书时可以介绍图书的封面图画，引起宝宝对图书的兴趣："宝宝看看书里有什么呀！"

成人要经常和宝宝一起看书，引导宝宝看书上的图画，还要用手不断指点，讲讲是什么东西。启发宝宝从模仿动物中开始认识图画。

 ## 大动作发展

1. 大动作发展的规律

走、跑、蹲，上下楼梯均不再僵硬。

2. 促进大动作发展的游戏

【游戏一】

● **游戏名称**：袋鼠跳跳。

● **训练目的**：通过活动锻炼宝宝两步一级下楼梯以及跳的能力。

● **训练方法**：

方法1：妈妈带宝宝到户外游戏的途中，训练宝宝下楼梯的能力。妈妈两步下一级台阶，示范给宝宝看，然后鼓励宝宝自己下楼梯。在楼梯的最下面一个或两个台阶开始练习，妈妈在下面伸手扶宝宝下台阶。宝宝已经熟练要试着自己下时，妈妈引导、鼓励宝宝自己扶栏杆迈步下来。

方法2：妈妈可在地面上放宝宝喜欢的玩具，吸引宝宝自己走下来拿玩具。初步掌握下楼梯动作后，在下到楼梯最后一个台阶时，妈妈牵着宝宝的双手，让宝宝跳下来。妈妈先用双手扶着宝宝的腋下，鼓励宝宝双脚一起跳下一级台阶，之后妈妈再拉着宝宝的双手从一级台阶跳下，反复练习，当宝宝渐渐掌握了这个本领后，妈妈再牵宝宝单手学会跳下台阶。到户外活动时，也可牵宝宝一只手在马路沿上，从一级台阶上练习双足跳下。

方法3：用装米的废麻布口袋，上面系一绳子，两边拉出。让宝宝站在袋内，妈妈拉住两旁绳子（袋的高度正好在宝宝腋下），宝宝小手拉在袋的前面，托宝宝做跳跃的动作，让宝宝向前一步一步跳。

注意事项：妈妈要随时站在宝宝前面保护。

【游戏二】

- **游戏名称**：跨大步。
- **训练目的**：学会跨步。
- **训练方法**：

方法1：在地上用粉笔画出无数个直径为30cm的圆圈，排成直排，圈与圈之间间隔10cm。让宝宝跨圆圈行走，告诉宝宝不要踩在圆圈线上，反复练习。

方法2：妈妈拿出塑料圈，引导宝宝把圆圈一个一个地放在地上。妈妈和宝宝第一次共同组合成一条直向道路，让宝宝顺序走在圆圈内和跨圆圈；第二次妈妈引导宝宝组合成三角形状跑道，让宝宝顺序走在圆圈内和跨圆圈；第三次组合成方框形状跑道，让宝宝顺序走在圆圈内和跨圆圈。还可以灵活排列出各种道路，让宝宝享受自己"创造"出道路运动的乐趣。

 精细运动发展规律

促进精细运动发展的游戏

【游戏一】

- **游戏名称**：劳动快乐。
- **训练目的**：锻炼宝宝小肌肉的运动。

- **训练方法：**

（1）妈妈准备许多有洞的木珠，一块面团、几根小棍或者筷子，让宝宝用小棍把木珠串起来当糖葫芦。把面团分成若干块小块，再让宝宝把小块的面团团搓成若干个圆形，用小棍把圆形面团串起来就做成了糖葫芦。可以鼓励宝宝多串几串糖葫芦，分给大家"吃"。

（2）妈妈准备好橡皮泥或者面团，和宝宝一起当食品工厂的工人做食品。妈妈教宝宝五指握拢把橡皮泥或面搓捏成团成为"馒头"、"元宵"，也可以把圆团压扁为"饼干"、"大饼"，再用牙签在"饼干"、"大饼"上点上小眼为"芝麻"，还可以教宝宝用手指捏"饺子"，搓"面条"等，把做好的各种食品放进小盘子里，让宝宝感受劳动后的喜悦。

【游戏二】

- **游戏名称：**折形状、画形状。
- **训练目的：**认识形状，练习手的动作。
- **训练方法：**

（1）准备一块小方毛巾，让宝宝认识小毛巾是正方形的。教宝宝先把毛巾在桌上铺平对折成一个长方形，再对折成为一个有四折的正方形，再倒成菱形，然后把四方形的角（没有折的）向菱正方形的中间折去再把左右两边的角向中间折，即把折上的三角形包起来，最后可从外层向里层，一层一层向外剥"香蕉皮"，露出了中间的三角形为"香蕉"。

（2）用蜡笔或小彩色笔，让宝宝在纸上画画。妈妈先在纸的上面画出四种图形，让宝宝在下面学画。一边画一边告诉宝宝："三角形有三个角，四边形有四个角，圆形没有角，长方形两条线长、两条线短。"画好让宝宝涂上颜色，告诉宝宝不要涂到线的外面。

认知能力发展

1. 认知能力发展的规律

（1）最早在1岁半表现出区分大小的能力，但表达大小的能力要晚些。

（2）能够区分三种以上物体的形状。

（3）能够准确地将不同形状的物体对应不同形状的缺口放到容器中。

（4）注意力可维持在2分钟左右。

（5）能够进行注意力的分配，如一边听妈妈讲话，一边看妈妈做动作，随后做出模仿。

（6）没有看见的东西，通常不会想到它的颜色和形状，只有出现在眼前的物体，才能说出形状、颜色、大小。

（7）能够清晰地回忆他曾经玩过的东西。

（8）能够根据生活经验，进行简单的想象，但由于生活经验所限，想象的内容非常贫乏。

（9）能够理解"里"和"外"。

（10）可唱数1到10，但仅是记住数字的顺序而已。

2. 促进认知能力发展的游戏

【游戏】

- **游戏名称**：比大小。
- **训练目的**：培养宝宝对大小的判断能力。
- **训练方法**：游戏前准备一些大小不同的物品，如一大一小两个苹果，一大一小两个积木，一大一小两个圆盘等。游戏时，先教宝宝认识大小，然后让宝宝听口令，将大苹果拿出递给成人。如"把大苹果给妈妈"，"把大积木给妈妈"等。挑出大的物品后，再让宝宝挑出小的物品。

提示：在比较大小时，应将两个一大一小的物品呈现给宝宝，让其进行比较。若需比较的物品数量过多，宝宝不易完成。

社会性发展

1. 社会性发展的规律

（1）行为的目的性越来越明显。

（2）喜欢与同伴玩，宝宝间单次交往的持续时间延长，不愿意与陌生人玩。

（3）知道对于同一件事物，不同的人有不同的感受。如同一样食物，爸爸表现出喜欢，妈妈表现出不喜欢，宝宝倾向于把食物给爸爸。

（4）能够正确地使用人称代词"我"，能准确说出自己的名字、性别。

（5）非常关心自己的物品，常要求与其他东西分开保存。

（6）愿为自己做些事，但仍不能很成功。

2. 社会性发展的教育指导

让孩子充分玩耍。

玩耍是孩子生活的重要内容，也是孩子的天性。事实上，如果一个人直到长大，都始终"会玩"，那他的性格中一定有不少明朗的成分。

父母需要做的，一是给他充分的时间和充足的空间，让他尽情探索生活中的各种事物，如水、土、石头、花、瓶瓶罐罐、积木、珠子、洋娃娃……二是尽量参与到孩子的玩耍中，观察孩子的兴趣、身体技能倾向、性格特征等。实际上，孩子对玩耍的兴趣往往会在随后的若干年中发展成学习某项技能的动力。这个过程才是"兴趣引发才能"，而不是父母先确定一个方向，然后温柔地"逼迫"孩子学。同时，玩耍中，要指导孩子注意安全，在必要时候给予引导或者更好地设计游戏以吸引孩子的注意力。

婴幼儿保健专家提示

异物进入宝宝眼睛怎么办

当沙子、灰尘进入宝宝眼睛时，不可揉搓，因为这样会损害眼角膜，最好借着眼泪，让它自然流出。如果没有眼泪，可用眼药水或温水洗涤。如果异物依然未取出，妈妈可把手洗净，翻开宝宝眼皮，用清洁的手帕或纱布轻轻擦拭。如果宝宝疼痛难忍，应立即送医院诊治。如强酸、碱性的药品进入眼睛时，冲洗十几分钟后再送医院。

异物进入宝宝外耳道怎么办

有些宝宝出于好奇，常将一些玩具或豆类塞入耳道，但塞入容易取出难，一般越想把它挖出来，异物越往里面钻。外耳道进入异物，因其大小而产生不同的症状。如果异物较小，多无不适。异物较大时，宝宝会感觉内耳发堵、疼痛，在异物接近鼓膜时，可引起耳鸣及严重耳痛或听力障碍。异物进入耳道，要到医院找耳科医师，医师将使用精细的镊子等器械将异物轻轻取出；遇有十分难取出的异物，还要实行局部或全身麻醉后再将异物取出。春、夏季节偶尔有小昆虫钻入宝宝外耳道。因虫体在耳道内蠕动，会引起宝宝严重的耳鸣、耳痛。这时可立即往耳道内滴入3～5滴香油或花生油，先将昆虫淹死，然后再取出。决不可自行乱挖，以免引起昆虫躁动而损伤耳道或耳膜。

异物进入宝宝鼻孔怎么办

　　宝宝有时会把豆子、小珠子、小石头子等塞进鼻孔，难以取出，应立即送往医院。如果当时没有发现，过几天后发现宝宝的鼻孔发出臭味，要注意异物进入鼻孔，应立即送往医院。

第五章

22～24个月

身体生长发育

体重

幼儿体重增长有自身的规律，出生后体重增加的速度与月（年）龄密切相关。

（1）以2006年WHO推荐的母乳喂养《5岁以下婴幼儿体重和身高评价标准》为参照值，22～24个月幼儿体重参考值可参见表5-1。

（2）以2005年中国九市7岁以下不确定喂养方式儿童体格发育调研测值为参照值，22、23、24月龄幼儿体重参考值分别为：12.66千克，12.92千克及13.19千克。

22～24个月幼儿体重、身长、头围、体质指数（Kaup指数）的参考值

参见表5-1。

表5-1 22～24个月幼儿体格发育参考值

性别	项目	体重/kg ± s	身长/cm ± s	头围/cm ± s*	Kaup指数/ ± s
男童	22月	11.75 ± 0.11	86.0 ± 2.9	—	15.8 ± 1.25
	23月	11.95 ± 0.11	86.9 ± 3.0	—	15.8 ± 1.25
	24月	12.15 ± 0.11	87.1 ± 3.1	48.7 ± 1.4	15.7 ± 1.20
女童	22月	11.06 ± 0.12	84.6 ± 3.1	—	15.5 ± 1.35
	23月	11.27 ± 0.12	85.5 ± 3.2	—	15.4 ± 1.35
	24月	11.48 ± 0.12	85.7 ± 3.2	47.6 ± 1.4	15.4 ± 1.30

注：身长取卧位测量；*头围测值摘自2005年中国九市7岁以下儿童体格发育调研测值，s为标准差。

喂养知识

22个月宝宝喂养要点

1. 避免偏食和厌食

这个月龄的宝宝，很少会发生病理意义上的偏食，更不会真正得什么厌食症。偏食多是一时性的，是宝宝对新味道还不能马上接受。父母要耐心等待，这是避免宝宝偏食、厌食的最好方法。如果宝宝对某些食物太偏好了，就会拒绝另一些食物，这样就发展成偏食了。偏食会导致营养不均衡，所以，父母要适当调整宝宝对某些饮食的过度偏好，避免偏食现象发生。吃饭对宝宝来说，不单是为了吃饱，宝宝喜欢在吃饭过程中有亲情，有温暖和快乐。宝宝喜欢和家人一起吃饭，喜欢吃妈妈做的饭。

2. 警惕宝宝过多摄入有害食物

随着食品行业的飞速发展，食品种类花样翻新，现在很多婴幼期的小宝宝，就开始被花样翻新的小食品包围了。但实际上有很多食品是不适宜给宝宝吃的，妈妈要注意什么食品不宜给宝宝多吃。

（1）含有防腐剂的食品。防腐剂对人体有害，宝宝们就更不能承受了，所以妈妈们买食品的时候要仔细看一下，要买在国家规定剂量范围内的含防腐剂的食物。目前国内常用的用于食物防腐的防腐剂的名称有：苯甲酸钠、硝酸盐、亚硝酸盐和二氧化硫等，妈妈们要仔细

89

看。一般罐头食品、保质期特别长的食品都含有防腐剂。像成品肉类和蜜饯类食品中的肉松、香肠中含有亚硝酸盐和含有其他防腐剂，有的可致癌并加重肾脏负担。罐头类食品因要高温消毒，营养素含量会有所降低。

（2）油炸食品。心血管疾病的元凶就是油炸的淀粉类食物，另外高温会破坏维生素，还可使蛋白质变性，产生致癌物质，油炸食品还会导致肥胖。

（3）腌制类食品。长期食用高盐食品易患高血压。泡菜、咸菜、腊肉等腌制类食品中含盐量过高，会使宝宝未发育好的肾脏负担过重，而且对肠胃黏膜也有不良影响。

（4）刺激性食物。浓茶、咖啡、各种酒及辛辣食品，这些东西都不适宜宝宝食用。

（5）汽水和可乐。含糖量过高的饮料，喝过后有饱胀感，不仅会影响婴幼儿食欲，而且因为其含磷酸、碳酸，会带走体内大量的钙，影响婴幼儿的骨骼发育。

（6）冰淇淋类。冰淇淋中含有过量的奶油及糖，既影响婴幼儿正餐又易引起肥胖。

（7）烧烤类食品。烧烤会导致蛋白质炭化变性，吃了以后会加重肾脏、肝脏负担，而且烧烤食品中含有致癌物质，不利健康。

大量食用加工过的"小食品"会导致肥胖，但由于婴幼儿处在发育期，即使吃了过量的"垃圾食品"，宝宝也不一定会立即表现为体重超标。所以，不是说没有肥胖就是没有害处了。由于婴幼儿的大脑和神经系统一直在不断发育，他们需要全面的营养才能健康成长。食用"垃圾食品"会影响婴幼儿吸收正常的营养，引发婴幼儿营养失衡甚至生病。

有些父母每次喝酒的时候，都喜欢用筷子蘸点酒喂给宝宝尝尝，全家以看到宝宝舔到酒后的各种表情为乐。这是个极端错误的做法，酒会影响宝宝的神经系统发育，过量会导致酒精中毒，而且有的宝宝因此产生了酒瘾。相信家里出现小小"酒鬼"也不是妈妈们愿意看到的事吧。

23个月宝宝喂养要点

1. 放手锻炼宝宝独自吃饭

在这个时段孩子自己吃完一顿饭已经不是什么难事了。上个月还不能自己吃饭的宝宝，只要父母放手让宝宝尝试，经过一两周的锻炼，这个月宝宝也能很快学会自己吃饭。

如果这个月龄的宝宝还是不能自己独立吃完一顿饭，恐怕不是宝宝能力差，而是父母没有放手让宝宝自己去尝试。疼爱不等于到了放开手脚的时候还不放开，爱过了头，就是伤害了。

2. 正确认识肥胖和健康的关系

孩子体重超过相同身高宝宝平均体重的20%就可以称为肥胖症了。

导致肥胖的原因很多，和成人一样，引起幼儿肥胖最主要的原因也是饮食过量，当然也有其他的因素，比如遗传、活动过少等。

肥胖对宝宝的健康有着多方面的影响，过于肥胖的宝宝因为活动受限，不能和其他宝宝玩一样的游戏，经常不和小朋友们在一块儿或别的宝宝不愿意和肥胖儿一块玩儿，都会影响宝宝的心理发展。肥胖的宝宝抗病能力较差，易患感冒，成年以后还容易得高血压、冠心病、糖尿病及胆结石等疾病。

肥胖是一种病症，已经肥胖了的宝宝应在保证正常生长发育的前提下，控制高热量饮食。有的宝宝是"肉食"宝宝，还有的喜欢巧克力、冰淇淋，为了宝宝的健康成长，各种糖类和肉类食品要限量供给，多给宝宝吃低热量、低糖、低脂肪的食物，保证蛋白质、维生素和矿物质的需要，如果宝宝饭量较大，为了避免饮食过量，可以给宝宝吃一些可增加饱腹感而热能较低的食品，像蔬菜等。另外，最重要的是带宝宝进行户外活动，增加活动量，消耗能量的同时提高身体素质。

小贴士

豆类是我国的传统食品，含有大量的优质蛋白质、不饱和脂肪酸、钙及维生素B_1、维生素B_2、烟酸等，是代替肉类的良好食品。蛋与豆类、肉类中的蛋白质是可以互相替换的，1个鸡蛋（60克）相当于80克北豆腐，或相当35克猪肉中蛋白质的含量。

24个月宝宝喂养要点

1. 为宝宝自己吃饭提供条件

宝宝又长了1个月，但宝宝的饭量并不会因此而有所增加。饭量跟季节有关，夏季饭量可能会减少，秋季时宝宝吃饭特别香。这么大的宝宝还容易因吃多了而积食，所以饭量也会有所减少。吃什么饭还按照上个月给宝宝做就行，但宝宝长大了，越来越有主见，不愿意吃的饭，恐怕妈妈不能像原来那样哄着吃了。给宝宝更大的自己吃饭的自由，是争取宝宝好好吃饭的最好方法。

2．哺乳期延续多久比较合理？

有种说法认为给婴幼儿哺喂母乳的时间越长越好，这是对宝宝疼爱的一种表示，尤其是在农村，这种现象尤为突出，许多孩子吃奶吃到三四岁。有的妈妈因为不能给孩子长期喂食母乳，感到很遗憾。哺乳期过长究竟有没有不利影响？有以下几种常见的说法。

（1）有人说喂奶的时间过长会有很多害处。母乳到了10个月以后，乳汁中的蛋白质含量虽然变化不大，但矿物质如钙、铁、锌会逐渐减少，营养价值有所降低，已经不能完全满足孩子生长发育的需要了。

（2）婴幼儿如果吃母乳的时间过长，就会不爱吃其他食物，导致营养摄入不足，而这个时候的婴幼儿生长发育很快，需要多种营养物质的供给，长时间的营养不足，婴幼儿就容易发生营养不良，有很多婴幼儿出现身体消瘦，容易生病的状况。

（3）如果到了该换奶的时候没有换奶，婴幼儿就会更加依赖母亲，什么事情都离不开妈妈，这样的婴幼儿缺乏独立性，对其未来的心理发展也没有好处。

（4）长期哺乳对母亲的健康不利，因为机体正常的生理功能长时间得不到调节，就会出现睡眠不佳、精神不振、胃口不好、体力过分消耗等现象。哺乳期过长还会使子宫过分萎缩，发生月经不调的状况。

其实，以上的说法有一些依据，但并不全面。

母乳喂养可以让妈妈远离乳腺癌、子宫癌等严重疾病。母乳对婴儿来讲是最适合的食物，只是到了一定的阶段，由于婴儿的生长发育速度太快，母乳中的营养不足以支持婴儿的身体发育，所以要用添加辅食的办法来增加营养，但并不是说母乳没有营养了。

很多婴儿出现身体消瘦的情况，多数是因为在婴儿应该添加辅食的阶段没有及时合理添加，以致身体增长落后于正常参考值，但这与母乳喂养时间长短没有关系。

母乳喂养有助于母婴更早地建立亲密关系，当然，断离母乳后，宝宝可能会出现依恋母亲的情况。但是很多母乳喂养时间较长的孩子，并不一定有长时段缺乏独立性的问题。

世界卫生组织建议，母乳喂养以1年为宜，对添加辅食不足、营养健康状况不佳的婴幼儿，在生活条件较差地区的婴幼儿，母乳喂养可延长到2岁。所以说，母乳喂养不是时间越长越好，到了婴儿2岁前后就可以逐渐换用其他奶制品。同时，合理添加辅食是不应被忽视的，这样才能保证宝宝生长发育有足够的营养支持。

3. 家庭自制辅食食谱

（1）胡萝卜小窝头

原料：玉米面（也叫棒子面）、黄豆面，按玉米面与黄豆面为4：1或5：1的比例用料，胡萝卜可多可少，白糖适量。

制作方法：

① 将胡萝卜洗净切丝，笼屉蒸软备用。

② 将玉米面、黄豆面混料放入盆中，用温水揉和再加进胡萝卜丝、白糖。充分拌匀、揉好。

③ 揉好面后，即做小窝头。做时取一块30克左右的面，放在右手中，由左手大拇指插到面团中心，用另外四指在外捏边。边捏边转。做成近似圆锥形上尖下圆中间空的小窝头。

④ 将做好的小窝头摆列蒸笼上，上锅蒸20分钟即可。

（2）胡萝卜甜饼

原料：胡萝卜、馒头、鸡蛋、牛奶各适量，白糖、花生油各少许。

制作方法：

① 将胡萝卜洗净切成细末，放入开水锅中烫一下捞出，挤去水分，拌入适量的糖与牛奶，备用。

② 将馒头切成小片后再捏成细末，将大部分馒头末放入胡萝卜末中拌匀，剩下一小部分馒头末装入平盘中备用。

③ 将鸡蛋黄打入胡萝卜末中拌匀。蛋清打入另一碗中搅松，备用。

④ 在平锅上稍加花生油，油热后把少许胡萝卜末摊到平锅上成一个小饼。烙一下，待蛋浆稍凝，就在上面抹一层蛋清，撒上一些馒头末，翻过来另一面也抹蛋清，撒馒头末，两面反复烙成黄色，使之熟透。

4．对眼睛及视力有益的食物

（1）蛋白质是组成细胞的主要成分，人体组织的修补更新需要不断地补充蛋白质。所以下面这些含有丰富蛋白质的食物对眼睛是很重要的：瘦肉、禽肉、动物的内脏、鱼虾、奶类、蛋类、豆类等，里面都含有丰富的蛋白质。

（2）维生素A也对眼睛有益，严重缺乏维生素A时可能会患夜盲症。维生素A还可以预防和治疗干眼病。维生素A从哪来呢？各种动物的肝脏、鱼肝油、奶和蛋类中都含有维生素A；蔬菜中西兰花、红胡萝卜、苋菜、菠菜、韭菜、青椒、红薯以及水果中的橘子、杏子、柿子等含有丰富的胡萝卜素，胡萝卜素在体内可以转化成维生素A。

（3）维生素C是组成眼球水晶体的成分之一，所以维生素C也是不能缺少的，如果缺乏维生素C就容易患水晶体浑浊的白内障。各种新鲜蔬菜和水果，尤其是菜花、青椒、黄瓜、小白菜、鲜枣、生梨、橘子等维生素C的含量都较高。

（4）钙对眼睛也是有好处的，钙有缓解眼睛紧张的作用。豆类、绿叶蔬菜、虾皮中的含钙量都比较丰富。

小贴士

胡萝卜素是脂溶性物质，只有溶解在油脂中，才能在人体的小肠黏膜及肝脏酶的作用下转变为维生素A而被吸收，因此，烹调胡萝卜时，要有适量的油，而且最好同肉类一起烹调。

 ## 防治宝宝被昆虫叮咬

　　幼儿皮肤嫩，容易被蚊子叮咬。一般被蚊子或跳蚤叮咬后，会出现皮肤瘙痒、局部红肿。此时可在叮咬局部涂用一些日常用品，如肥皂、牙膏、苏打水（5%～10%）、清凉油、护肤霜等，可以减轻皮肤的瘙痒和红肿。也可以局部冷敷，或涂炉甘石洗剂减轻瘙痒。但如果叮咬的部位在眼睛和生殖器部位，就不要用刺激性强的物品缓解症状了。有的幼儿皮肤对蚊虫叮咬过敏，被叮咬后，会出现大面积的红肿，甚至出水疱。此时除了局部用药外，还需要口服一些抗过敏药物。如果叮咬部位感染，还需要用抗生素治疗。如果宝宝被黄蜂或蜜蜂蜇了，应该拔除毒针或蜇刺，吸出或挤出毒液，局部作冷敷或冰敷。用苏打水、肥皂水或3%氨水清洗局部。毒蜘蛛或蜜蜂蜇伤的伤口处还可涂2%碘酊。如果中毒症状严重，可在伤口近心端加压扎缚，以阻止毒素进入血液，并迅速送往医院治疗。

 ## 预防宝宝出现意外伤害

　　两岁的宝宝已经会跑、会跳和骑三轮车。好奇心将促使他们探索许多新鲜事物，包括去一些危险的地方。但这个年龄段的宝宝自控能力和自救能力还没有发育成熟，因此经常会出现一些危险。宝宝最容易发生的危险如下。

（1）烫伤：宝宝可能会用手摸带电的熨斗和加热器，也可能去动热锅或热水壶，或将盛有热饭或热水的容器弄翻等，以致发生烫伤。

（2）跌伤：此阶段宝宝走路、跑步，特别是下楼梯还很容易摔跤，而且喜欢爬高，这些都容易使宝宝摔伤。所以在楼梯通道、窗户上要有防护设施。

（3）中毒：两岁的幼儿还不能鉴别什么东西能吃，什么东西不能吃，但又喜欢尝试。一些家用化学药品、农药、口服药物等一定不要随意乱放，以免宝宝误食中毒。

（4）气管异物：不要让宝宝自己吃花生米等一些坚果，也不要自己吃葡萄粒、胡萝卜丁等较硬的水果，不要让宝宝自己玩珠子、硬币等物品，这些都可能被宝宝吞咽及吸入，使宝宝发生窒息。

（5）切割伤：不要在宝宝面前使用刀、剪等锐利物品，以免宝宝模仿。锐利物品、碎玻璃等要收拾好，不要放在宝宝手足或肢体可触及的地方。

（6）动物咬伤：现在很多家庭都饲养宠物，不要让宝宝戏弄动物，以免被动物咬伤，一旦被动物抓、咬伤，应及时就医并在24小时内注射狂犬疫苗，防止狂犬病的发生。

（7）用电的安全：教育宝宝不要将手指伸进电风扇，以免发生意外，不要玩电线、电源插座等，防止触电。室内外电源要选用封闭式的插座。

智能体能发展

 智能、体能发育

表5-2　22～24个月幼儿智能、体能发育

项　目	发　育　状　况
大动作能力	上下楼梯一次一级，能双脚同时跳离地面两次以上
精细动作能力	会用线将珠子串联起来，会画圆圈，会开门
认知能力	能够表达对疼痛以及冷热的感受，能够分辨天气和昼夜；能够知道前后的方位；能集中注意力5分钟左右；能够记住几个星期前记忆过的东西；对数的理解，仍然基于实物；能够理解1是少的，100是多的
语言能力	知道连接词"和"、"跟"
情感与社交能力	怕黑，怕一个人待着；能用自己的名字称呼自己，但还不能用"我"来指代自己；有短暂的控制能力。能看出别人是真生气还是假生气

 语言发展

1. 语言发展的特点

（1）会说不完整的儿歌。

（2）会说父母的名字。

（3）会说自己几岁。

（4）会用词回答"这是什么"、"××到哪去了"。

（5）会用"我"、"你"。

（6）1岁半至2岁是多种句式并存的阶段。

2. 促进语言发展的小游戏

【游戏一】

- **游戏名称**：动物朋友。
- **训练目的**：能听懂语言并给出适当的回答。
- **训练方法**：

将各种动物玩具摆放在宝宝的周围，让宝宝按成人说的动物名称拿出相应的玩具，如成人说"请把小狗拿出来"，宝宝就从许多玩具中找出小狗。

之后，成人拿起"小虫"再问宝宝："谁吃小虫？"引导宝宝拿起"小鸡"玩具说："小鸡吃。"再拿起"小鱼"问谁吃，宝宝就会拿出小猫玩具，说"小猫吃"。

还可以将食物图片放在宝宝面前，成人举着小猫玩具问宝宝："小猫吃什么？"宝宝就会举起相应图片说："小猫吃鱼。"

【游戏二】

- **游戏名称**：打电话。
- **训练目的**：锻炼语言使用能力。
- **训练方法**：

成人与孩子各持一个玩具电话，成人先将玩具放在耳边说"喂"，假装打电话，让孩子模仿，并通过打电话教孩子一些简单的词语；通过模仿打电话让孩子用简短的语言表达自己的要求，不再用手势。

大动作发展

1. 大动作的发展规律

跑：走是跑的前提。24个月时跑步平稳，可以绕障碍物。

蹲：蹲可以锻炼下肢的力量，是跳的前提。24个月时能双脚蹲跳。

上下楼梯：23～24个月时能不扶栏杆自己上下台阶。

图5-1 自行上下楼梯

2. 促进大动作发展的游戏

【游戏一】

● **游戏名称**：练习打"保龄球"。

● **训练目的**：训练空间方位的控制力和全身大肌肉运动。

● **训练方法**：

方法1：准备各种球（小的、中等、大的）。妈妈和宝宝一起玩球。先和宝宝面对面席地而坐，慢慢再拉开距离，让宝宝扔球，用脚推球。当宝宝有兴趣时，站起来，和宝宝拉开距离扔球。球不要直接扔给宝宝，要先丢在地上，让球弹起来到宝宝身边，让宝宝去接。和宝宝跑动起来，

中国婴幼儿身心成长指南 13～36个月篇

用脚踢球，让宝宝模仿。扔球尽量双手举起，过头，用力扔出去。踢球用单脚去碰去踢。

方法2：准备各种小沙包（大小以宝宝的小手能握住抓起为准）。在离宝宝50～100厘米的地方放上筐，让宝宝在规定的地方站好，将沙包扔进筐里，反复投掷，告诉宝宝用手臂的力量往前投出。

方法3：准备几个金属饮料筒放在前面，可以把饮料筒排成一个横排或几排，然后用一个皮球教宝宝用双手将皮球滚过去，把排队好的饮料筒碰倒，看能碰倒几个。碰倒以后再让宝宝跑过去扶起来，游戏再重新开始。也可以同妈妈一起比赛，看谁滚一次球碰倒的饮料筒数多。

【游戏二】

- **游戏名称**：跳跳闯关。
- **训练目的**：促进亲子的感情，增强宝宝跳跃的能力。
- **训练方法**：

方法1：妈妈在地上铺上方块泡沫塑料垫，摆放时按不同颜色搭配，使同色之间有一定间隔。先示范跳的方法，即，双脚着地，必须踩在同一种颜色的方格内，示范后，引导宝宝尝试，妈妈可以跟随一同游戏。

方法2：妈妈和宝宝一起说儿歌"小白兔，白又白，两只耳朵竖起来，爱吃萝卜爱吃菜，蹦蹦跳跳真可爱"引发宝宝学跳的兴趣。妈妈同宝宝一起蹦蹦跳跳，使宝宝在跳离地面的基础上，逐步能多次连续跳跃。

方法3：准备一根彩色纸绳，长70厘米左右，把彩绳系在一支筷子上，像条鞭子。游戏前，妈妈手拿筷子，将彩绳放地面上，说开始，妈妈在地上平行移动彩绳，宝宝双脚在原地连续跳离地面，不踩到彩绳为好，谁踩到停玩一次。

注意事项：

结合宝宝体力，适当休息。

1．精细运动发展规律

视觉—运动协调

（1）22～24个月：搭起4～6块积木；（2）将3块形状板放进相应的孔中；（3）画竖线。

2．促进精细运动发展的游戏

【游戏一】

- **游戏名称**：穿一穿。
- **训练目的**：培养宝宝手眼脑协调能力。
- **训练方法**：

（1）准备鱼形塑料小夹子、细绳。用一些鱼形塑料小夹子和一根两头都有点硬的绳子，先让宝宝看到小夹子，告诉他这是小鱼。妈妈先给宝宝示范，将小鱼一个一个穿起来，再让宝宝穿，一边穿一边数数，看穿了多少条小鱼。穿好后让宝宝拿住绳子的两端让小鱼跳舞。尽量让宝宝自己完成，也可以和宝宝同时完成。

（2）准备10个左右的木珠和一根彩色细绳。让宝宝和妈妈一起把木珠穿起来，一边穿一边告诉宝宝："今天晚上妈妈要去参加一个晚会，所以要穿得漂亮美丽，宝宝为妈妈穿一串项链，让妈妈戴起来。"一边穿一边和宝宝数："一个，两个……"穿好后大人戴在脖子上走一圈。然后换成宝宝，告诉宝宝："今天幼儿园要表演节目，宝宝要穿上好看的衣服，戴上好看的珠子。"让宝宝戴上项链，在镜子前面照照，看看自己有多美丽。

【游戏二】

- **游戏名称**：玩手指。
- **训练目的**：锻炼宝宝5个手指的灵活性。

● **训练方法：**

妈妈在5个手指上画爷爷、奶奶、爸爸、妈妈、小宝宝（爷爷有胡子，奶奶有皱纹、爸爸戴眼镜、妈妈涂口红、小朋友笑哈哈）。和宝宝面对面，让宝宝根据特征，认爷爷、奶奶、爸爸、妈妈、小宝宝自己，然后一个个手指屈起来，对宝宝说："天黑了，爷爷睡觉了；奶奶忙了一天，累了睡觉了；爸爸不打电脑了，也睡了；妈妈不看电视了，也睡了；小宝宝困了，也睡觉了。"5个手指全部收起，握成一个拳头。然后让小朋友看好，告诉宝宝："天亮了，太阳出来了，爷爷最先起床，去公园锻炼身体；奶奶也起来了，去买菜和买牛奶；爸爸也起来了，要去上班了；妈妈也起来了，要给宝宝穿衣服；宝宝也起来了。"5个手指头全部张开，展示全家人头像。之后在宝宝手指上画出人物特征，让宝宝模仿妈妈将手指张开，弯起来。

 认知能力发展

1. 认知能力发展的规律

（1）能够分辨阴天、晴天、下雨、刮风等，知道白天和黑夜的区别。

（2）能够知道前后的方位概念。

（3）22个月时，能集中注意力5分钟左右。

（4）长期记忆得到发展，接近2岁时，能保持长达几个星期之久的记忆。

（5）能够以实物为基础，进行形似的想象。

（6）对时间有初步了解。偶尔会使用与时间有关的词，如现在、明天、快点等。

（7）能够理解数与实物的对应关系。如能够按照成人的指令，拿出数量较少的物品，如两个苹果、三个勺子等。

（8）能够理解1和许多的概念。

2. 促进认知能力发展的游戏

【游戏】

- **游戏名称**：我的前后。
- **训练目的**：学习空间定向，会前后辨向。
- **训练方法**：

游戏前，先让宝宝观察并熟悉自己身边的物品，如门窗、家具、玩具、摆设等。游戏时，让宝宝面向任何一个方向站立，问他"前面有什么"，回答如"有门"。再问宝宝"后面有什么"，回答如"有窗子"、"有桌子"等。然后再改变宝宝站立的方向，让宝宝知道自己的前面有窗有桌子，后面有门。

提示：宝宝认识方位首先是学习以自我为中心的方位辨别，之后学习以客体为中心的方位，成人指导宝宝时应注意两个概念的不同。

 社会性发展

1. 社会性发展的规律

（1）由于玩具被抢、大人批评引起的哭逐渐增多。

（2）看到自己的照片时会面带微笑，看得比过去久，还能叫出自己的名字。

（3）能判断出别人是真生气还是假生气。

（4）能按年龄大小将人分类，见到年轻的男性／女性会叫"叔叔"／"阿姨"，见到年长的男性／女性会叫"爷爷"／"奶奶。"

（5）可以准确地使用一些词汇来引起父母的注意，愿意得到表扬。

（6）有初步的是非观念，知道什么是对，什么是错。

2. 社会性发展的教育指导

（1）教宝宝遵守规则。由于自控能力的改善，父母可以向宝宝提出各种要求，教他们遵守各种规则。如哪些东西不能碰、见到陌生人要问好等。为帮助孩子内化规则，您还要帮助他掌握含有愿望或指令含义的词，如"应该"、"要"、"行"、"不许"等。

（2）不要将恐惧传染给孩子。孩子对某些东西的恐惧是"学"来的。比如孩子本来不怕毛毛虫，甚至还好奇地想"玩玩"，但在旁的妈妈吓得花容失色，宝宝就对妈妈突发的恐惧记忆深刻，不自觉地受到强烈情绪的感染。同时，妈妈是他最亲近的人，决定性地影响他对世界的判断。他会认为：原来这个东西是很可怕的，见到他"应该"害怕。就这样，宝宝以后见到毛毛虫就害怕了。同样的道理，孩子还可能"学会"害怕很多东西，如剪刀、猫狗，甚至社会性的东西，如陌生人、当众发言、维权等。

这就要提醒父母，在您理所当然地害怕某个事物或经历时，您不妨认真反省，那个东西我是怎么害怕上的呢？它真的有危险吗？我愿意我的孩子也害怕那个事物或经历吗？如果答案是否定的，那就说明那个东西是值得尝试的，您就不要在孩子面前表现得过于消极。这也从另一个角度说明，父母真的是孩子的榜样。

婴幼儿保健专家提示

本年龄段宝宝预防接种有哪几种

（1）2岁的幼儿应该接种乙脑疫苗加强针。

（2）水痘、B型流感嗜血杆菌疫苗（HIB）、肺炎等二类自费疫苗的接种。目前除了计划免疫内的疫苗外，还有自费的二类的疫苗。这些疫苗多数是进口疫苗。一些发达国家，已经将这些疫苗列入了计划免疫范围之内。这些疫苗一般价格较贵，如果家庭经济情况较好，接种这些疫苗还是合理的。比如北京地区近几年由于水痘疫苗的接种，幼儿园流行水痘的情况明显减少。B型流感嗜血杆菌是引起小儿严重细菌感染的主要致病菌，它主要感染5岁以下的幼儿，经鼻咽部和呼吸道分泌物形成的飞沫传播，引起脑膜炎、会厌炎、肺炎、关节炎、心包炎等。在发达国家接种HIB疫苗后，收到了很好的效果，世界卫生组织已将HIB疫苗纳入扩大的计划免疫。肺炎疫苗是肺炎双球菌疫苗，2岁以上幼儿可以使用23价肺炎疫苗，1岁以内婴幼儿使用的是7价的肺炎疫苗。接种肺炎疫苗，可以预防肺炎球菌引起的肺炎，只要经济情况允许，给孩子接种这些疫苗还是很有必要的。

接种疫苗后可能出现的问题和注意事项

（1）接种当天不要剧烈活动：疫苗接种的不良反应一般发生在接

种后48小时之内，而大多数发生在接种当天。接种疫苗后，宝宝即使不出现明显的发热等症状，一些宝宝也会出现爱哭闹、不爱吃饭等表现。这时家长就不要带宝宝到太远的地方玩耍，不要让宝宝玩得太疯，适当注意休息，避免剧烈活动，夏季适当多饮水，保证身体有一个合适的内环境，以减少接种反应的发生。

（2）接种当天不要给宝宝洗澡：如前所述，疫苗接种后当天是发生接种反应的高峰。而且有些疫苗接种后确实会造成身体不适，宝宝就会出现烦躁、食欲不好等表现，有时还会出现低热甚至高热。有时洗澡会加重宝宝的不适，室内温度不高还会造成宝宝着凉，而诱发感冒症状，所以一般不建议接种后当天给宝宝洗澡，尤其是当宝宝有烦躁、食欲不好或室温较低情况下，更不要给宝宝洗澡。如果当天没发生异常反应，第二天宝宝精神很好，就可以接着洗澡了。如果夏季气候炎热，宝宝出汗又多，洗澡也还是可以的。

（3）不爱吃饭：疫苗接种当天会出现发热、身体不适等症状。在这种情况下，小孩一般会表现为烦躁、不想吃东西。这时不要强制孩子吃东西，如果体温不超过38.5℃，可以让孩子适当多饮水，大一些的孩子，要给他吃清淡一些的食物。家长不要因为孩子哭闹，就跟着着急，要更加精心地护理孩子。孩子一两顿少吃点不要太担心。一般到第二天就会恢复。

（4）发热的处理：有些小孩打完预防针当天或第二天会出现发热，这是比较常见的现象。这种发热，可能是疫苗的副作用，也可能是其他疾病（如上呼吸道感染）的症状。一般疫苗反应引起的发热持续时间短，不伴有呼吸道症状。如果体温不超过38.5℃，就不需要用退热药，给宝宝适当多饮些水，多照顾孩子。多数宝宝24小时后就会退热。如果体温超过38.5℃，就要给宝宝服退热药，并且密切观察孩子的变化，有些宝宝会因为发热而出现高热惊厥。如果宝宝还伴有其他呼吸道症状，就应该按照感冒治疗。如果伴有其他症状，要进一步找儿科医生诊治。

107

第六章

2岁1个月~2岁6个月

身体生长发育

体重

幼儿体重增长有自身的规律，出生后体重增加的速度与月（年）龄密切相关。

（1）以2006年WHO推荐的母乳喂养《5岁以下幼儿体重和身高评价标准》为参照值，2岁1个月～2岁6个月幼儿体重参考值可参见表6-1。

（2）以2005年中国九市7岁以下不确定喂养方式儿童体格发育调研测值为参照值，2岁6个月男、女童体重参考值分别为：14.28千克±1.64千克及13.73千克±1.63千克。

2岁1个月～2岁6个月幼儿体重、身高、头围、体质指数（Kaup指数）的参考值

参见表6-1。

表6-1　2岁1个月～2岁6个月幼儿体格发育参考值

项　目		体重/kg±s	身高/cm±s	头围/cm±s*	Kaup指数/±s
男童	2岁1个月	12.35±0.11	88.0±3.1	—	16.0±1.25
	2岁2个月	12.55±0.12	88.8±3.2	—	15.9±1.25
	2岁3个月	12.74±0.12	89.6±3.2	—	15.9±1.25
	2岁4个月	12.93±0.12	90.4±3.3	—	15.9±1.25
	2岁5个月	13.12±0.12	91.2±3.4	—	15.8±1.20
	2岁6个月	13.30±0.12	91.9±3.4	49.3±1.3	15.8±1.25
女童	2岁1个月	11.69±0.12	86.6±3.3	—	15.7±1.35
	2岁2个月	11.89±0.12	87.4±3.3	—	15.6±1.30
	2岁3个月	12.10±0.12	88.3±3.4	—	15.6±1.30
	2岁4个月	12.31±0.13	89.1±3.4	—	15.6±1.35
	2岁5个月	12.51±0.13	89.9±3.5	—	15.6±1.35
	2岁6个月	12.71±0.13	90.7±3.5	48.3±1.3	15.5±1.30

注：身高取立位测量值；*头围测值摘自2005年中国九市7岁以下儿童体格发育调研测值，s为标准差。

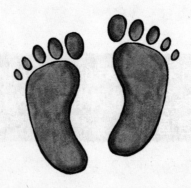

喂养知识

2～3岁幼儿的生理与喂养特点

（1）在2～3岁的1年内，形体生长率继续减缓。如3岁时男童体重平均为15.31千克，全年体重增加2.1千克；女童体重平均为14.80千克，全年体重增加2.2千克；男童身高平均为98.9厘米，女童身高平均为97.6厘米，男、女童全年身高增加均为7.7厘米。表明生长率较前一两年进一步放慢，但体重及身高绝对值的增加明显。

（2）幼儿由被动活动逐渐转入自主运动。对2岁以前幼儿来说，从出生后就开始的肌肤触抚、按摩、肢体动作都是有效的促进身心健康的活动，但性质上则以被动运动为主，"有意识"的主动动作很少。这期间由于运动神经髓鞘尚未发育完善，功能不够成熟，神经兴奋传导易于泛化，表现为各种大动作和某些小动作粗犷、难于到位以及缺乏准确性等。待2～3岁时神经系统发育已趋成熟，正是进行有效锻炼逐渐取得成熟稳健效果的重要时机。因此，2～3岁自主运动及有计划的锻炼应该成为取得最佳效果、维护健康的主导模式。

（3）生长发育需要平衡膳食支持。关于建立儿童平衡膳食的理念，在实际操作上应从婴儿添加辅食时就该开始着手规划，到婴儿10～12月龄时所添加辅食的种类应已达到平衡膳食所要求的品种多样化的雏形结构，或已达20～25种，但通常摄入量并未能达到推荐量水平。因此在添加辅食并逐渐转换到幼儿膳食的基础上，为满足幼儿生长发育及增大的活动量对能量及营养素的需求和为进入幼儿园集体生活做准备，此期间应该能进一步完全实施适龄的平衡膳食，而这将是关系幼儿终生健康的重要而稳定的基石。

2～3岁幼儿的膳食

这个阶段的幼儿一日三餐，外加1～2次小食品。也就是每天进餐4～5次，包括3次正餐和1～2次加餐，每次正餐的量，根据幼儿进食习惯及食量大约每餐为1小碗，随着孩子的不断生长，应适当增加每餐食物的量。粗粮也应日常地进入幼儿的食谱，因粗粮中含有丰富的营养素，如B族维生素、膳食纤维、不同种类的矿物质，如铁、钙、镁、磷等，能部分满足宝宝的营养需求。

安排每日4～5餐是因为孩子的胃容量较小，一次吃不下太多的食物；由于生长发育速度较快，因而需要补充额外的食物满足其营养需要，加餐可以放在两次正餐之间，奶、豆浆、水果、点心都可以。另外，幼儿每天还需要喝250～350毫升的牛奶。

此阶段幼儿的消化吸收能力已相当完善，乳牙也基本长齐。宝宝仍然要学习有效的咀嚼和吞咽。有些时候宝宝由于迫不及待地往嘴里塞食物，不怎么咀嚼就下咽，这会使颌骨得不到充分的锻炼及成长并影响出牙，牙齿就是长出来，排列也不整齐。因此需要父母耐心地教宝宝咀嚼食物，不能急躁。在喂食宝宝的时候，刻意拉长两口饭菜的间隔时间，让宝宝有充足的咀嚼时间。还要给些萝卜、芹菜、藕、面包硬皮等稍微硬些的食物，为孩子提供练习咀嚼的条件。

在此过程中，幼儿膳食安排效果好或差，众所周知关键是主副食的搭配与烹调，这也是家长最为关心的事。婴幼儿食品烹调的基本要求包括为保证婴幼儿摄取符合质及量要求，对主副食原料材质的选择及合乎比例的各种营养素的搭配借以满足生长发育需要。因此，应根据婴幼儿的生理特点和进食心理，合理搭配食物；为其烹制易于消化吸收、味美适口的食品，最大限度地减少营养素的损失，提高其保存率和吸收利用率；并要彻底杀灭病原微生物以保证身体健康。

在主副食制作方面，家长要重视幼儿辅助食品的独立性和特点，尽力避免用成人的膳食代替幼儿辅食。幼儿食物应以"软"、"烂"为主。菜和面点的形体应力求"碎小"、"精巧"，食物的内容要简单，富于营养。食物来源和品种多选用鱼、瘦肉、鸡蛋、液态乳、禽畜血、新鲜的水果和蔬菜（深色、绿色、橙色为主），以及经常选用豆制品。烹制方法应采用"煨、煮、炖"，尽量不吃或偶吃油炸或熘、煎之类的过油食品，以免导致停食、消化不良甚或引起腹泻。食物由单项制作改为混合制作，如肉蛋菜粥，牛奶麻酱粥、肉末油菜焖饭等，既保暖、又易喂，也便于幼儿学习自己进食。随着幼儿进食技能进步，可及时添加一些可以用手拿着吃的食物如馒头片、烤面包片、糕、饼、面卷之类的面点，以促进幼儿手眼口运动协调发展及培养独自进食的技能。

结合这个年龄段幼儿的营养需要，现举例说明一周食谱的安排，可参见表6-2。

表6-2　1岁～3岁幼儿一周食谱示例

日期	早 餐	午 餐	午 点	晚 餐
周一	牛奶200～250毫升、荷花卷、肉松	肉末豌豆、素炒柿子椒、番茄虾皮豆腐汤、软饭	西瓜、麻酱包	包子（猪肉、白菜、茴香、海带、鸡蛋馅），绿豆汤
周二	牛奶200～250毫升、金银糕、咸鸭蛋	黄瓜片余鱼丸、炒扁豆、菠菜豆腐汤、软饭	绿豆汤蛋糕	大卤面（猪肉、鸡蛋、虾皮、番茄、黄瓜卤）
周三	牛奶200～250毫升、麻酱包、鸡蛋炒咸菜丁	三鲜水饺（猪肝、肉末、鸡蛋、韭菜、虾皮）	梨、肝泥卷	肉末豇豆、软饭、丝瓜、腐竹、豆腐汤
周四	牛奶200～250毫升、荷叶千层饼、五香花生米	鸡块烧土豆、软饭、番茄、冬瓜豆腐汤	葡萄、奶酪糕	番茄蛋肉饺、豌豆粥、开花馒头

日 期	早 餐	午 餐	午 点	晚 餐
周五	牛奶200～250毫升、核桃水晶包	包子（猪肉、海带、西葫芦、柿子椒、虾皮）、二米粥	西瓜、豆馅卷	番茄肉末茄丁、木樨汤、软饭
周六	牛奶200～250毫升、糖三角、五香豆腐干	肉末豆腐、软饭、海带、藕、莴笋、排骨汤	桃子、麻酱卷	果丁窝头、馄饨汤、碎青菜
周日	牛奶200～250毫升、豆沙包、酱豆腐	木樨肉（猪肉、鸡蛋、黄花、黑木耳、丝瓜豆腐汤）	西瓜、糕点	包子（猪肉虾米黑木耳、海带韭菜柿子椒）、南瓜粥

注：早餐可外加适量时令新鲜水果或蔬果，午点中糕点约25克，不超过40克。

 2～3岁幼儿用餐心理

（1）模仿性强。周围的人对食物的态度对幼儿有很大的影响。爸爸妈妈在吃李子的时候露出酸的表情，宝宝就可能会拒绝吃李子；在和小伙伴一块吃饭时，看到别的小朋友吃得津津有味，他也会吃得很香。

（2）好奇心强。喜欢颜色鲜明，花样翻新的食物。不同的食物切成不同的样子，都会重新引起幼儿的兴趣。

（3）试着用手拿着吃。对有营养但宝宝又不太爱吃的食物，允许宝宝用手拿着吃，这样可以增加他进食的兴趣。

（4）感觉灵敏。不宜给宝宝吃太冷或太烫的食物，他们对食物的味道和冷热很敏感。

（5）喜欢形状规则的食物。对某些不熟悉的，即不是经常看到的形状奇特或颜色奇怪的食物，像海带、木耳、紫菜等感到恐惧，常常不愿轻易尝试。

（6）喜欢自己盛饭。宝宝喜欢自己一次次去添饭，并经常自豪地说：我今天吃了三碗。因此，一次少给宝宝些饭，不怕多添加几次的麻烦。

（7）吃别人碗里的饭。宝宝常常喜欢"吃着碗里的，看着锅里的"，对别人碗里的食物更感兴趣。因此，如果宝宝有这个喜好，就将父母碗里的饭故意放成为宝宝特制的食物，让他"抢走"。

（8）宽松的进食环境。宝宝的心情紧张，会抑制胃肠蠕动，减少消化液的分泌，产生饱胀的感觉。

 2岁1个月~ 2岁6个月幼儿喂养要点

1. 2岁1个月宝宝的喂养

当宝宝出牙逐渐完成之后，妈妈就要想办法让宝宝拥有一副健康的牙齿。因为它可是宝宝身体发育必备的"武器"，宝宝成长所需的一切营养都须经由牙齿处理，俗话说，"牙好，胃口就好"。牙齿巩固的办法有很多种，你也可以选择宝宝最喜欢的方式——以适当的饮食来保持牙齿的健康。

以下介绍几种促进宝宝食欲的美味餐。

（1）肋排海带汤

原料：猪肋排、水发海带各500克。

制作方法：

① 猪肋排洗净；花椒、茴香、桂皮、姜片用纱布包好备用。

② 锅置火上，倒油烧热，放入肋排、盐、料酒、适量水、纱布包，大火煮沸，再转小火煮15分钟。

③ 下入切好的海带，加白糖大火烧沸，转小火烧10分钟，加醋、味精、葱花调味即可。

115

（2）三色山药

原料：山药500克，青梅丝、山楂糕各25克，白糖25克。

制作方法：

① 山药去皮，洗净，竖切四条后切成10厘米长的条，放盘里。

② 蒸锅置火上，放入山药沸水蒸10分钟。

③ 撒上白糖、青梅丝拌匀，冷却后加进山楂糕条拌匀即可。

（3）醋熘白菜

原料：白菜250克，植物油、酱油、醋、白糖、花椒、水淀粉各适量。

制作方法：

① 白菜洗净，切成小块。

② 锅置火上，倒油烧热，放入花椒，再放白菜块煸炒。

③ 熟后加入白糖、醋、酱油，用水淀粉勾芡，翻炒片刻即可。

2. 2岁2个月宝宝喂养要点

构建骨骼的主要元素有钙、磷、镁、多糖及胶原蛋白等物质，其中钙和磷二者的关系十分密切。人体摄入的钙和磷必须符合一定的比例，如果磷的摄入量过多，就会结成不易溶于水的磷酸三钙排出体外，必然导致钙的吸收减少。而中国人因为食物和水源的问题，居民钙摄入量不足，而磷的摄入量正常或略过剩。尤其是婴幼儿时期，钙、磷比例失当会导致一系列严重后果。骨骼基质中钙、磷、黏多糖、镁及胶原蛋白正常的分子比约为24：15：12：3：2，如果在平衡膳食基础上进食，可较易满足此比例需要。

宝宝补钙食谱

（1）凉拌海蜇黄瓜丝

原料：海蜇皮100克（含钙150毫克）、黄瓜150克、香油、酱油、醋、盐、味精各适量。

制作方法：

① 黄瓜洗净，切丝，装入盘子；海蜇皮漂洗净，切成丝，撒在黄瓜

丝上。

②将盐、香油、醋、酱油和味精调好汁，浇在海蜇皮黄瓜丝上即可。

（2）香椿芽拌豆腐

原料：香椿芽、豆腐各适量，盐、香油各适量。

制作方法：

① 香椿芽洗净，入沸水中焯烫2～3分钟，捞出，挤出水，切成细末；豆腐洗净，沸水中焯烫2～3分钟，捞出切块。

② 豆腐块放入盘内，加入香椿芽末、盐、香油拌匀即可。

（3）里脊虾皮菜花

原料：西蓝花250克、虾皮15克、里脊肉100克，植物油、葱、姜、盐、鸡精、鸡汤、水淀粉、鸡油各适量。

制作方法：

① 西蓝花去梗，洗净，切成小朵，用沸水焯一下，捞出；里脊肉洗净，切条；葱洗净，切段；姜洗净，切片。

② 锅置火上，倒入植物油烧热，放入葱段、姜片、肉条煸香，放入虾皮、西蓝花朵，加鸡汤、盐、鸡精大火烧沸，用小火煨入味，水淀粉勾芡，淋入鸡油即可。

（4）肉丝炒甜椒

原料：猪瘦肉30克，红柿椒、黄柿椒各40克，鸡蛋1个。

制作方法：

① 猪肉洗净，切丝；红柿椒、黄柿椒分别去蒂、子，洗净，切丝；鸡蛋打散，加入淀粉，调成糊状，将肉丝放入抓匀，入油锅炸透捞出。

② 余油烧热，加入葱末、姜末，放入花椒水、肉丝、甜椒丝略炒，加入盐调味，用水淀粉勾芡即可。

3. 2岁3个月宝宝喂养要点

用鲜牛奶喂养注意事项：

用鲜牛奶喂养宝宝时，需要注意安全。牛奶从生产到消费者手中要经过很多过程，在这个过程的每一阶段，牛奶都有可能被污染，且目前来看，牛也有很多疾病，这也可能直接导致牛奶带菌。因此，牛奶在喂给幼儿前一定要煮沸，否则很容易使幼儿发生腹泻、食物中毒等。

把牛奶煮沸说起来比较简单，但煮的时候应该注意，成人饮用的牛奶一般加热到80℃，口感和营养最合适。但是2～3岁宝宝喝的牛奶要煮沸后才可以饮用，煮沸还可使牛奶中的蛋白质变得凝块较小，易于消化吸收。

由于牛奶反复地煮沸，奶中的维生素易受空气氧化而被破坏。因此，鲜奶喂养的宝宝应该注意补充维生素A、维生素B、维生素C等，也就是平时多注意吃些水果和蔬菜。

煮好的牛奶不能放在保温杯内存放，因为瓶内温度下降到一定程度时，细菌会大量繁殖，很快牛奶就酸败变质了，婴幼儿喝了这样的奶，容易发生腹泻、消化不良甚至中毒。

购买鲜牛奶时，应注意包装上标明的蛋白质含量，每百克中蛋白质应为3克左右，不应低于2.9克。用蛋白质含量不足的奶喂养的宝宝会因缺乏蛋白质而发生营养不良，生长发育都会受到严重影响，所以，鲜奶买回来后不要再加水稀释。

对于没有稀释过的鲜牛奶，妈妈们可以加少量米汤为幼儿稀释牛奶，因为牛奶中的酪蛋白占了大部分比例，约有80%。这种蛋白质会在胃液的作用下，在婴幼儿的胃中凝固成为较大的乳块，不易被消化吸收，而且容易造成便秘。而用米汤稀释牛奶，除了能影响和改变牛奶的胶质状态，还能进一步促进蛋白质形成疏松而又柔软的凝块，使脂肪变得适应婴幼儿吸收，与此同时，米汤还能刺激婴幼儿胃液分泌，帮助消化。

牛奶加糖，可以改善口感、增加能量，但千万不能加得过多，一般每100毫升鲜奶加糖5～8克就够了。

中医认为，米汤性平和，有和肠胃、健脾的功效；另外，米汤中含有的淀粉、维生素和无机盐，可以促进肠蠕动，进而改善婴幼儿胃肠功能，减少便秘发生。

4．2岁4个月宝宝喂养要点

（1）有关研究发现：钙与钠在肾小管内的重吸收过程中发生竞争，钠摄入量高时，促使人体钙的排出。世界卫生组织建议每人每天的食盐摄入量应在6克以下，婴儿食物中不加食盐、1岁幼儿每人每天1克、2～3岁幼儿1.5克。因此，建议喜吃咸食的家庭严格控制宝宝饮食中食盐的摄入量，保证宝宝体内钙的吸收利用。

（2）幼儿为什么发生消化不良？

宝宝消化不良了，妈妈们开始着急，怎么回事呢？现在就到下面找找原因吧。

① 不适应新的食物。宝宝在吃到第一次吃并且喜欢吃的食物时，经常会不知不觉吃多了，结果因为不适应而造成消化不良。妈妈们在给幼儿尝试一种新的食物时，要给他适应的机会，第一次一定要少量，观察无不良反应后，再一点点增加。

② 饮食搭配不合理。孩子的生长需要各种各样不同的营养素，妈妈们一定要注意保持宝宝的营养平衡。粮食是最基础的营养来源，肉、鱼、蛋、奶、蔬菜和水果等中的营养成分也是身体必需的。

③ 错误的饮食习惯。定时定量吃正餐，少吃零食。宝宝吃太多的零食，到该吃饭的时间还没饿，就会不想吃饭或少吃饭，等到了不是吃饭的时候，因为正餐吃得少了，又开始吃零食，恶性循环，养成不好的饮食习惯。

④ 不良的家庭氛围。不良的家庭氛围也会影响宝宝的消化能力，爸

爸妈妈们要培养宝宝专心吃饭的习惯，营造愉快的吃饭氛围。

5. 2岁5个月宝宝喂养要点

对于宝宝来说，所有的小零食都不宜常吃、多吃，零食只是宝宝饮食的小花絮。当然，一点儿零食都不给宝宝吃，也是不现实的。父母应该把握尺度，绝不能因为吃零食，而影响宝宝正常进餐。父母应给予必要的调控和限制，但要有计划地给宝宝购买父母认为好的零食。很多的零食如果食用不当，将导致铅摄入过多，存在铅中毒风险。铅在人体内没有任何生理功能，人体中理想的血铅水平应为零。然而，由于环境中铅的普遍存在，绝大多数个体中均或多或少存在一定量的铅，铅在体内含量超过一定水平就会对健康产生危害。

（1）防止铅中毒

铅是一种严重危害人类健康的重金属元素，它可影响神经、造血、消化、泌尿、生殖、生长发育以及心血管、内分泌、免疫、骨骼等各类器官，主要的靶器官是神经系统和造血系统。更为严重的是，它影响婴幼儿的生长和智力发展，铅引起的智力损害是不可逆转的。损伤认知功能、神经行为和学习记忆等脑功能，严重者造成智力低下。即使经过驱铅治疗后，血铅下降，但智力损害无明显恢复。

反映婴幼儿近1～3个月内铅接触的最佳指标是全血铅含量，简称血铅。我国卫生部颁布的诊断标准如下。

① 高铅血症，血铅值100～199微克/升。

② 铅中毒：轻度，血铅值200～249微克/升；中度，血铅值250～449微克/升；重毒，血铅值>450微克/升。

铅中毒表现症状：烦躁不安，易冲动，腹痛，食欲下降，注意力不集中，性格改变，反应迟钝，智力下降，记忆力下降等。严重者可出现铅中毒脑病，甚至死亡。

（2）预防宝宝铅过量

空气中的铅污染最多来自汽车尾气和燃煤。所以在通往幼儿园的路上或公共场所要尽量躲避容易接触汽车尾气的地方，遇到风大的天气要戴上口罩。

对于刚刚装修过的新房或者刚油漆过家具的房间，一定要开窗通风并空置一个月左右，等到含有铅等有害物质的气体散尽之后，方可入住。

像松花蛋、爆米花和劣质的罐头饮料和食品，尽量少吃。不饮用隔夜第一段自来水，清晨先打开自来水放1～5分钟，因这段水含铅量较高。

宝宝偏食，不喜欢吃含钙、铁、锌丰富的豆制品、肉类、蛋类和动物肝脏。因为在肠道里，钙、铁、锌与铅进入体内是通过同一运载蛋白，存在相互竞争机制，当钙、铁、锌少时、有利于铅的吸收。

食品袋、图书上的彩色图案是铅污染的另一来源。要防止宝宝接触袋装食品上面的字、画、商标，如果直接接触就要洗手。婴幼儿体内铅有80%～90%是从消化道摄入。所以，一定要勤洗手，不吮指，尤其要防止边玩边吃零食，边翻书边进食。使不正常行为造成的"铅摄入"降到最低限度。

（3）铅中毒就一定要排铅吗？

通常血铅水平在450µg/L以上才需要排铅，有时在250µg/L以上时，有经验的医师也会据情况进行排铅治疗。但婴幼儿血铅水平高于250µg/L的检出率较低，绝大多数地区不到千分之一。而任何药物都是有一定的毒副作用的，所以不能随便进行治疗。

当婴幼儿血铅水平在200µg/L以下时，只要找到造成血铅水平升高的原因，切断铅污染途经，就会防止铅进入体内。加上婴幼儿自身具有一定排铅能力，血铅水平会随时间逐步降低，恢复正常，根本不需要驱铅治疗。

目前，食疗排铅是比较理想的方法之一，父母可有意让孩子多吃以下几种食物。

① 含丰富的维生素C的食物。维生素C与铅结合生成难溶于水的物质，从而随粪便排出体外。每天至少摄入150毫克维生素C，已有铅中毒症状者需增至200毫克。维生素C广泛存在于水果、蔬菜及

一些植物的叶子中，带酸味的水果如猕猴桃、橘子、柠檬、石榴、山楂，尤其是酸枣、鲜枣中的含量最丰富，苹果、草莓、鲜辣椒、卷心菜、蒜苗、雪里红、西红柿、菜花等也含有维生素C。

②含丰富蛋白质和铁的食物。蛋白质和铁可取代铅与组织中的有机物结合，加速铅代谢。含优质蛋白质的食物有鸡蛋、牛奶、瘦肉和大豆等，含铁丰富的有芝麻酱、肝、血等。

③大蒜素。大蒜中的大蒜素，可与铅结合成为无毒的化合物，每天吃少量生大蒜可减少铅中毒发生率。但对于幼儿来说，不容易接受生大蒜食疗。

6．2岁6个月宝宝喂养要点

家长越来越重视宝宝的健康，对于宝宝体重这一点上也认识到不是越重越好。为避免超重宝宝很快饥饿，在饮食中多进食一些热量低、体积大的蔬菜和水果是适宜的。但是，如果对蔬菜不加以选择，对宝宝进食量不加以控制，特别是勾芡烹调（使过多的油脂被蔬菜吸收），同样会使宝宝过多摄入热能，导致体重增加。

（1）宝宝如何保持健康体重。吃是为了健康，健康的体重是靠"吃"和"动"的平衡来维持的。宝宝每日摄入产能的营养素所产生的热量50%用于维持生命即基础代谢，比如维持体温、呼吸、心跳等。在1～2岁幼儿30%以上用于生长发育。在不同的年龄阶段，不同环境下哪怕是同一个宝宝在遗传、生长速率、活动多少、气候、内分泌调节等因素的影响下对营养需求也会有所不同，这是宝宝营养不同于成人的最主要的特点。还有10%～15%的热量用于运动，这是人类生存不可缺少的部分，正如人们常说"生命在于运动"。这里强调运动的另一个寓意在于运动是我们维持健康体重的不可少的关键环节。宝宝体重超重、肥胖；夜里不好好睡觉；情绪不佳等等，往往都和运动不足有关。

（2）控制总量与灵活运用食谱。如果孩子今天很想吃一块奶油蛋糕，为了享受美味可以让他吃，但是要注意的是适当减少他的主食、奶、油、糖、蛋的摄入量。这就是"摄入量总量控制"，即将一日的总摄入量控制在一个合乎生理需要的范围之内，在此基础上灵活地变通孩子的食谱。

 小贴士

如何推算孩子的体重

现举例说明如下：以2005年全国7岁以下儿童体格发育测量值为基准，1个月～6岁儿童体重推算值计算式如下：

1～6个月：体重（千克）= 出生体重（千克）+（该月龄+1）× 0.9（千克）

7～12个月：体重（千克）= 该月龄 × 0.29 + 7.0（千克）

1～6岁：体重（千克）= 年龄 × 2.4 + 8.1（千克）

以世界卫生组织7～12岁儿童体重参考值为基准，7～12岁儿童体重推算值计算式如下：

7～12岁：体重（千克）= 年龄 × 2.8 + 3.9（千克）

护理宝宝须知

2岁的宝宝要开始刷牙

宝宝自牙齿刚刚萌出时，就应该开始培养口腔卫生的习惯。婴幼儿尚不会漱口或刷牙，应在吃奶后喝几口白开水，冲洗一下口腔。到宝宝1岁左右，应有意识地教他漱口，含一口水后让宝宝鼓腮，这样可促使水在口腔中流动，慢慢地宝宝就可以学会漱口了。到2岁左右，就可以教宝宝开始刷牙了。开始刷牙时，可以先不使用牙膏，等宝宝学会后再用牙膏。大多数3岁的幼儿都能够掌握好刷牙的方法。

牙膏和牙刷的选择

市售的牙刷种类很多，宝宝要使用宝宝专用的刷头柔软的牙刷。在使用牙刷时应注意每次用完牙刷后将牙刷清洗干净，甩干后将刷头向上，放在口杯里，以保持刷头干燥，减少细菌滋生。应定期更换牙刷。有人主张每月更换1次牙刷。如果刷毛卷曲，应马上更换，以防擦伤牙龈。

牙膏要选用儿童型牙膏。含氟牙膏可以增强牙齿的抗酸能力，促进牙齿的再矿化，起到预防龋齿的作用。

教会宝宝刷牙

宝宝刚开始刷牙可以先不用牙膏，先用淡盐水教宝宝刷牙，等宝宝会吐出漱口水时再开始使用牙膏。正确、科学的刷牙方法是竖刷法。竖刷，就是顺着牙缝上下刷，即上牙向下刷，下牙向上刷，把牙齿的外面和里面都刷到，上下咬合面来回刷。这种刷法容易刷净牙齿，还不会造成牙齿表面过度磨损，牙龈也不会受到损伤。横刷法不科学，易损伤牙齿，牙缝也刷不干净，要注意纠正。刷牙最好早晚各一次，尤其晚上临睡前更重要，因为夜间口腔不活动，食物积存在牙面上时间长，细菌得到营养就会繁殖，时间长了就会出现龋齿。

 ## 带宝宝外出时需要做的准备

节假日带宝宝外出时，要做一些必要的准备。首先要听好天气预报，高温、寒冷及大风天气最好不要带宝宝外出。外出前几天要注意调理好宝宝，预防消化不良、避免发生着凉感冒。

外出时带一些必备的药品，比如退热药、止泻药、感冒药及风油精、创可贴等外用药；体温计、棉花、胶布等。衣服类：核实一下目的地的天气情况，带上相应的衣物。随身至少给宝宝携带2～3套衣服，以便迅速更换。夏天要给宝宝戴上遮阳帽或小雨伞，冬天要带一件披风，帽子和围巾。阴天带好雨具。玩具：带1～2件宝宝喜欢的、体积不大的玩具，图书1～2本。日常用品：餐巾纸、卫生纸、湿纸巾或无毒性杀菌消毒剂（清洁双手）。

智能体能发展

2～3岁幼儿早期教育

2岁以后宝宝将逐渐掌握大部分的基本生活技能，可以自己照顾自己，而且可以简单地运用语言来表达和交流思想了。如果前一个阶段教养得当，宝宝将顺利地度过第一反抗期，跟他人交往的方式也会逐渐变得更加成熟和得体。

这个阶段育儿的核心任务是善于向宝宝提问和回答宝宝的问题，提问可以引导他有意识地去探索和认识世界，还有助于培养创新意识；回答宝宝的问题时需要跟他的认知水平相适应，既要帮助他学习理解一些基本常识和概念，又要防止用规范的条条框框限制宝宝思想的空间。

从现在开始家长要教给宝宝进行适当的自我约束了。要抓住机会注意激发宝宝的成就感，对他的任何进步和良好表现，都要及时进行表扬和鼓励。平时多给宝宝创造机会参与社会生活活动，抓住宝宝喜欢模仿大人行为方式的特点，教给他一些社会生活的常识和规则。

智能、体能发育

表6-3　2岁1个月～2岁6个月幼儿智能、体能发育

项　目	发　育　状　况
大动作能力	能跑4～5米远自己停下来拣皮球，能独立上下楼梯，能独立单脚站稳3秒以上，立定跳远15厘米
精细动作能力	能蹲下接球并抱起，用杯子来回倒水不洒，会解开暗扣和开关拉锁，会脱单衣、单裤
认知能力	对物体的轻重有了概念；分辨物体的材质，但不够稳定；开始理解快慢；2岁时注意集中时间约为7分钟，2岁半时，时间延长至10分钟；因记忆能力的增长，能较容易地背会儿歌、古诗等；开始出现再现能力，如会去找自己放好的玩具，但只能再现近几天内发生的事件；开始喜爱角色扮演的游戏；爱提问，不仅问"是什么"，还要追根到底地提出"为什么"
语言能力	知道反义词（3个），理解饿了、冷了、累了；能用完整句子表达一件事，会问和答生活中的简单问题，会用形容词（2个）、副词（2个）。
情感与社交能力	出现自我意识情绪。对自己的认识更加具体，如高、矮、胖、瘦；对玩具的选择表现出性别差异；能够理解别人的情绪反应；能够用语言描述自己和别人的情绪；越来越不听话，凡事都要自己做

 语言发展

I. 语言发展的特点

2岁以后一直到入学前，是学前儿童基本掌握口语的阶段。他们开始逐步用语言来表达自己的需要和情感，用语言来调节自己的动作和行为，基本上能用语言与人交往。

（1）能说4～8件常用东西的名称。

（2）知道3个反义词。

（3）会说4～6句的儿歌。

（4）会用"他"。

（5）能说出自己的姓和名。

（6）会问"这是什么"、"××到哪去了"。

（7）会问"那是谁"。

（8）用比较完整的句子表达一件事。

（9）发音的困难日渐减少，唇音基本没有困难。但需要舌头参与的音还存在不同程度的困难，尤以舌尖音突出，如"zh\ch\sh\r"等。

（10）25～27个月左右开始出现三词句。28～30个月左右出现了四词句。

（11）说话时多用些不连续的短句，辅以手势、动作和面部表情。

（12）2岁左右是疑问句的主要产生期。开始不断提问，要求告知各种事物的信息，如名称、特征、用途、构造等。

（13）是叠音词使用的高峰期，名词的叠音现象最多，延续时间最长。

2. 促进语言发展的小游戏

【游戏一】

- **游戏名称**：你在做什么。
- **训练目的**：锻炼孩子的语言理解能力
- **训练方法**：

和宝宝玩扮家家，成人可以扮演成"家"中的孩子，让宝宝当"爸爸"或"妈妈"，"孩子"故意向"爸爸"或"妈妈"提出许多问题或要求，比如询问"爸爸"正在玩什么东西（说出物体的名称），在做什么事情（说出自己的动作或活动内容）。

【游戏二】

● **游戏名称**：小熊的房子。

● **训练目的**：培养宝宝对故事的兴趣，增强语言理解和表达能力。

● **训练方法**：

（1）"今天咱们家里有一位小客人来做客，宝宝猜猜它是谁？"出示小熊手指玩偶，引起宝宝兴趣，边操作小熊边讲关于它的故事。

（2）学习"下雨"、"刮风"的动作，鼓励模仿其声音。

（3）然后重复讲故事，向宝宝提问类似问题：

小熊为什么哭了？

小熊房子的墙是什么颜色？

小熊房子的屋顶是什么颜色？

小熊家的门是什么颜色？

妈妈再次讲述故事，宝宝拿着小熊玩偶跟着故事内容表演。

记得一定要注意引导宝宝养成讲完整话的好习惯。

（4）附故事：《小熊的房子》

在森林里住着一只可爱的小熊，它有一座漂亮的房子，它可喜欢这座房子了。红红的屋顶，黄黄的墙，绿色的小门。

有一天晚上，天下起了大雨，"哗——"，刮起了大风，"呜——"，把小熊的房子刮倒了。小熊没有房子了，伤心地哭了起来。小朋友，我们都是小熊的好伙伴，我们来帮小熊盖一座新的房子，好吗？

 大动作发展

1. 大动作发展的规律

站：2岁半（30个月）：独脚站瞬间。

踮脚尖走：2岁半（30个月）：踮脚尖走5步。

跑：30个月：跑步熟练。

图6-1　跑步趋向熟练

上下楼梯：25～26个月：不扶栏杆自己下台阶。

2岁半：（30个月）：交替脚上楼梯。

跳：2岁半（30个月）：向下跳，从末级台阶跳到地面。

2. 促进大动作发展的游戏

【游戏一】

● **游戏名称**：飞上天。

● **训练目的**：锻炼宝宝平衡感。

● **训练方法**：

方法1：爸爸在宝宝一只脚上放一张"机票"（彩色纸片）鼓励宝宝将脚抬起，妈妈说着儿歌，等儿歌停止时再放下脚来。

附儿歌："飞机起飞了，飞过了高山，飞过了大海，飞机降落了，大家请坐好。"当宝宝听指令完成游戏后，爸爸可以用自己的脚抬起小宝宝开飞机，宝宝双臂可抱住爸爸的腿，妈妈要做好保护。此时的宝宝会特别快乐，游戏可以轮流进行，宝宝开一次，爸爸开一次，还可以两只脚交替进行。

方法2：妈妈准备有节奏的音乐和小鸟图片。首先要出示小鸟图片，问问宝宝："这是什么？小鸟有什么特殊的本领？你会飞吗？"请宝宝来飞一飞。妈妈示范打开双臂，一上一下做鸟飞的动作。然后给宝宝挂上小鸟胸卡，说："宝宝胸前也有一只小鸟，妈妈来做鸟妈妈，宝宝来做鸟宝宝，我们一起打开翅膀做小鸟飞。妈妈带宝宝一起学小鸟飞。"当宝宝熟悉后，播放音乐带，宝宝听着音乐有节奏地做小鸟飞翔状。妈妈说："鸟妈妈飞着找食物去了"，模仿鸟飞的动作扮找食物状，宝宝跟随成人一起游戏。要根据宝宝体力适当休息，休息时与宝宝交流"刚才和妈妈一起飞到哪里玩了？"

【游戏二】

● **游戏名称**：玩球。

● **训练目的**：促进手足协调，学习拍球的技能。

● **训练方法**：

方法1：追球。妈妈把球滚到远处，然后让宝宝捡正在滚远的球，宝宝会乐意跑去追并把球捡回来。再让宝宝半蹲着，双手准备好，妈妈把球滚到宝宝面前让他接住。渐渐再学习接住滚到自己身边的球或有一段距离的球。用一条旧头巾或毛巾，妈妈和宝宝各握住双角。将球放在布巾内，二人动手摇晃布巾使球在布巾内滚动，或者用力让球在布中上弹起再用布巾接住。

两人动作要互相配合，否则球会滚到地上。宝宝学会玩的方法后可以两个宝宝共同玩耍。逐渐训练宝宝接住从地上反弹的球，球经过地面的缓冲反弹后比抛来的球速度降低，较易于接住。

方法2：拍球。用儿童拍的皮球，让宝宝滚着玩，扔着玩，激起兴趣，然后家长示范将皮球抛向地面，当球蹦起来以后赶快移动脚步用一只手的手掌去向下拍一下，在左右手反复练习的过程中，指导宝宝慢慢掌握向下抛球、向下拍球的力度。

方法3：抓接球。妈妈示范拍一下球，用双手抓接跳起来的球，重点讲给宝宝听用双手抓接的方法，不要往怀里接，然后鼓励宝宝练习，开始用直径20厘米的球，以后熟练了再抓接网球。

精细运动发展规律

1. 精细运动发展规律

视觉—运动协调

25～30个月：

（1）用3块积木搭火车，带烟筒；

（2）搭起8～10块积木；

（3）串10颗珠子；

（4）拧开瓶盖；

（5）会画横线。

2. 促进精细运动发展的游戏

【游戏一】

- **游戏名称**：扣纽扣。
- **训练目的**：锻炼宝宝手眼协调能力，培养宝宝生活的自理能力。
- **训练方法**：

方法1：在一块布上先用彩色笔画出一些水果（黄的香蕉、红的苹果、绿的西瓜），分别在水果的边缘钉上按扣，可以多钉一些。先解开按扣的盖，用小纸盒装好，再让宝宝一个个扣上盖。会扣后再让宝宝用手指去解脱，放在小碗里。检查是否全部扣上，全部解下，完成后要表扬宝宝。扣纽扣能锻炼宝宝手指的灵活性和拇指、食指的对指活动力量，同时在完成游戏中也培养宝宝的专注精神和耐心。

方法2：妈妈准备一个带按扣的能穿脱衣服的娃娃。提前把娃娃的衣服脱下，出示娃娃说"咱们给娃娃穿上漂亮的衣服吧"，吸引宝宝的兴趣。妈妈边示范操作按纽扣的方法边说"今天娃娃过生日，娃娃要穿上一件漂亮的新衣服，这件衣服上的扣子叫按扣"。"按扣是两个好朋友，一半在衣服的这边，有一个小坑，一半在衣服的另一边突出来一小点。

他们两个在一起时，就把突出来的这一点对准另一半的小坑，用力一按它们就在一起了，衣服就扣好了。如果要脱衣服，就要拉住衣服按扣的两边，用力一拉，按扣就分开了，可以脱下衣服了。"让宝宝实践"给娃娃穿按扣的衣服"在自己的衣服上练习，在生活中随机练习。

【游戏二】

- **游戏名称**：画线条。
- **训练目的**：练习手眼协调，会运笔画竖线、平行线。
- **训练方法**：

方法1：画竖线。有条件时先让宝宝观察牵线的气球和实物糖葫芦、肉串等，知道气球上有一根线，肉串上有竹竿串肉，然后让宝宝在画有气球、糖葫芦的画上画上竖线，边说"哈！气球拴根线别让气球跑了"，"把糖葫芦穿起来"、"把肉串穿起来"，不断鼓励宝宝把竖线画直，也可以画"门帘"，"下雨了"、"娃娃的头发帘"、"竖放的牙刷"等，不断练习画竖线。

妈妈在白纸上画好等距排列的红点，示范将其由上到下串下来。然后用游戏口吻说："给你一根糖葫芦吧。"随后要求宝宝也穿一串给妈妈吃，妈妈再在作业纸上用红笔竖线摆排几条红点，让宝宝穿成几根糖葫芦。

妈妈在纸上用笔点画一个点，在其"点"下端10厘米处，再画上一个点儿，将两个做火车起点及终点，指导宝宝用笔将其起点连到终点，其中可用游戏口吻说："呜！咔嚓嚓嚓嚓嚓！火车到站啦！"用以增加游戏兴趣。

方法2：画平行线。用实物吸引宝宝的注意力，让宝宝观察"面条"、"筷子"都是一根一根的。"牙刷"上的毛，也是一根一根的。然后把画好盘子、碗、杯子的画给宝宝，让宝宝在盘子里画上"面条"，在碗边画上平行放的"筷子"，在杯子画好的竖线上画上平行的"牙刷毛"。

也可让宝宝画其他东西，如画"小河"、"穿珠子"等。

认知能力发展

1. 认知能力发展的规律

（1）开始有了轻重的概念。

（2）可以依靠视觉直观地辨别一些物品的材质。

（3）开始理解快慢的概念。

（4）能短时间集中注意力去看图书、听成人讲解。不过注意力易分散。

（5）2岁宝宝注意力集中的时间约为7分钟，2岁半时，时间可延长至10分钟。

（6）抽象记忆的能力有所提高，当物品不在眼前时，也能够描述出物体的特征。

（7）想象没有预定的目的，想象的主题容易变化，常以想象过程为满足。

（8）爱玩角色扮演的游戏。

（9）能够做出简单判断。

（10）出现了初步思考问题及概括的能力（如开水不可碰，会烫伤；牛奶、鸡蛋、蔬菜等是可吃的；皮球、积木、娃娃等是可玩的）。

2. 促进认知能力发展的游戏

【游戏一】

● **游戏名称**：摸摸看。

● **训练目的**：发展触觉。

● **训练方法**：

游戏前，准备一个不透明的大袋子，将宝宝的玩具放在袋子中。让宝宝将双手伸进袋子中，摸摸玩具的形状、大小，然后让宝宝说说是什么玩具。若能猜出来就大声鼓励宝宝，鼓掌表示祝贺。若不能猜出，则让宝宝拿出来看一看，边看边摸一摸形状。反复练习。

温馨提示：游戏时，选择的玩具不要太复杂，以免宝宝猜不出来物品而压抑其积极性。玩具的数量也无需太多，以免宝宝厌烦。

【游戏二】

● **游戏名称**：投物入水。

● **训练目的**：初步认识各种物品在水中的特性，知道有些物品浮在水面上，有些沉入水下。

● **训练方法**：

游戏前，准备一个大盆，一些材质不同的物品，如塑料玩具、瓶盖、布片、纸盒、积木、皮球、树叶、贝壳、石头、硬币、铁块、纸船等。

游戏时，成人先出示物品，如积木和石头，并问宝宝"这是什么"，让宝宝回答"积木"、"石头"。成人将积木和石头同时放入水中，让宝宝一边观察一边回答，哪一个浮起来了，哪一个沉下去了。随后可让宝宝拿物品投入水中，投入水之前，先感受一下物品的轻重、大小、触感等，再观察进入水中后是浮起还是沉入水中。

 社会性发展

1. 社会性发展的规律

（1）出现与自我评价有关的情绪，如骄傲、自豪、羞愧、内疚等，表现出自尊心。

（2）开始怕羞。

（3）知道自己身体各部位的名称，知道自己是高是矮、是胖是瘦，是男是女等。懂得好坏的分类，夸他"好孩子"，会感到高兴。

（4）在玩具选择上，表现出性别差异，女孩喜欢柔软的玩具，如洋娃娃；男孩喜欢坚硬的玩具，如枪、汽车等。

（5）能理解别人的情绪反应，并知道别人的表现是因为心里的感受，而不是外在的因素。如当他看到别的孩子因为玩具坏了而哭泣时，他会安慰伙伴，而不是注意玩具。

（6）能用语言描述自己和别人的情绪，如"高兴"、"喜欢"、"生气"、"讨厌"、"怕"等。

（7）能在成人的语言指导下调节自己的行为。

（8）能较清楚地判断他人对自己的期望。禁止做的事情知道不去做，有一定的控制能力。

2. 社会性发展的教育指导

（1）让孩子知道什么是对，什么是错

我们常看到一些犯罪分子不会对自己的行为感到自责，这与他们从小没有获得正确的价值引导有关。孩子心中没有明确的"孰是孰非"，自然不会对错事产生良心煎熬。

很多父母认为孩子还小，以后教育他也不迟，却不知随孩子年龄增长，父母对他的影响力会逐渐减弱，而他的价值观也逐渐稳定，以后改变会非常困难。因此，"当下引导"非常重要。

（2）敢于放手

心理学家埃里克森认为：2～3岁的孩子正经历"自主对羞愧"的情绪危机，是否能够顺利度过取决于父母的抚育质量。如果在确保安全的情况下，父母尽量满足孩子尝试的愿望，孩子就会发展出一种自主感，他相信自己的能力，从而更积极地探索世界，发展各种技能；如果父母对孩子的愿望视而不见，对他们行动的稚拙感到不耐烦、嘲笑或者代劳，孩子就会产生自卑和羞愧感，从而不敢大胆尝试，变得畏畏缩缩。

婴幼儿保健专家提示

宝宝尿频尿急是怎么回事

尿频、尿急是宝宝大小便次数增多，小便急，但每次小便量很少。最常见的原因是泌尿道感染、会阴部感染和蛲虫感染。泌尿道感染是指产尿、潴尿和排尿的通路即肾盂、输尿管、膀胱、尿道等任何一个部位有细菌感染。

引起泌尿道感染的细菌主要是大肠杆菌和葡萄球菌，通常是直接侵入尿道、膀胱、肾盂和肾脏引起泌尿系感染。泌尿系统感染除尿频尿急外，还有发热、食欲不振、腹痛、呕吐、排尿时疼痛、尿有刺激性气味等表现。

当发现宝宝在排尿时哭闹，或排尿的味道与平时不同，有点腥臭，或排尿次数增多等症状时，需要到医院查尿诊治。

宝宝过敏怎么办

过敏是指对某些通常不会引起反应的物质出现敏感反应。过敏现象可发生于任何年龄。其症状包括：皮肤瘙痒、呼吸困难、流鼻涕、流眼泪、皮疹、皮肤发红、眼睛充血、呼吸急促、打喷嚏等。

过敏可能是花粉过敏，也可能是接触性皮肤炎或其他皮肤炎。如果宝宝出现过敏现象，需要找出过敏源，避免宝宝接触那些东西。如果是花粉过敏，则在繁花盛开的春天，当花粉沾上宝宝细嫩的皮肤和进入呼吸道后，宝宝就会打喷嚏、呼吸急促，宝宝会出现面色潮红，脸部靠近耳朵的地方还会出现成排过敏疹粒。对花粉过敏的宝宝，春天就尽量不要出游，更不要在花丛中游玩。皮肤炎常伴有皮肤瘙痒、发红和皮肤损坏等皮肤发炎现象。

出现过敏现象，需要去医院检查，通过皮肤测试查明过敏原因，可在医生的指导下用药剂或乳液治疗皮疹，如果出现呼吸急促的现象，应及时找医生诊治。

宝宝出现过敏现象时，应多喝水、吃清淡食物，忌吃辛辣食品。要勤给宝宝换衣洗澡，室内要保持卫生、干燥、通风。

宝宝溺水怎么办

立即急救、刻不容缓。迅速用手取出宝宝口腔和鼻腔内的分泌物，解开衣服，保持呼吸顺畅，检查呼吸和脉搏。

按压宝宝的胸部，或保持头低脚高的位置，把水排出。而后把脸撇向一侧，让水容易流出。

呼唤宝宝或拍打宝宝的足底，用耳朵仔细听一下是否还有呼吸存在。一旦发现宝宝意识不清，需立即进行人工呼吸。若宝宝已经昏迷，在吹气2～3次后，可跪在宝宝一侧，一只手的手掌根部放在宝宝的胸骨下方、剑突之上，垂直向下用力，挤压深度2.5～4厘米，按压速度每分钟120次左右，连续按压15次。

边自行急救，边送医院或边通知120急救中心。

怎样改变宝宝的晕车体质

如果宝宝上车10分钟后就立即烦躁哭泣，下车后一刻钟神色立即转为安详，就要考虑宝宝是否晕车了。晕车的宝宝通常上车后脸色苍白，常伴随呕吐。改变晕车体质需要做到以下几点。

保持均衡营养，少吃不易消化的甜零食，多吃黄绿色蔬菜；按时作息，养成早睡早起的习惯；每天给宝宝做按摩，促进血液循环；坚持运动锻炼，增强体质；用冷水或干毛巾擦身体；保持愉快心情，乘车前不要给宝宝有晕车的提示；乘车时要有意识地多跟宝宝说话或讲故事，以转移注意力，并经常看看窗外的自然景色。

 ## 本年龄段有哪些预防接种

2岁到2岁半之间的孩子预防接种数量已经减少。如果1岁半后接种的甲肝疫苗是灭活疫苗，就要在第一针甲肝疫苗接种半年后接种第二针甲肝疫苗。

上幼儿园后，小朋友们常常因为不适应幼儿园的生活而出现机体抵抗力降低而发生呼吸道感染继发肺炎，所以，在此年龄段可以考虑给孩子接种肺炎疫苗。2岁以上的孩子可以接种23价肺炎疫苗。

第七章

2岁7个月~3岁

身体生长发育

体重

幼儿体重增长有自身的规律，出生后体重增加的速度与月（年）龄密切相关。

（1）以2006年WHO推荐的母乳喂养《5岁以下婴幼儿体重和身高评价标准》为参照值，2岁7个月～3岁幼儿体重参考值可参见表7-1。

（2）以2005年中国九市7岁以下不确定喂养方式儿童体格发育调研测值为参照值，3岁龄男、女性幼儿体重参考值分别为：15.31千克±1.75千克及14.80千克±1.69千克。

2岁7个月～3岁幼儿体重、身高、头围、体质指数（Kaup 指数）的参考值

头围、体质指数（Kaup 指数）的参考值
参见表7-1。

表7-1 2岁7个月～3岁幼儿体格发育参考值

性别	项目	体重/kg ± s	身高/cm ± s	头围/cm ± s*	Kaup指数/ ± s
男童	2岁7月	13.48 ± 0.12	92.7 ± 3.5	—	15.8 ± 1.25
	2岁8月	13.66 ± 0.12	93.4 ± 3.5	—	15.7 ± 1.20
	2岁9月	13.83 ± 0.12	94.1 ± 3.6	—	15.7 ± 1.25
	2岁10月	14.00 ± 0.12	94.8 ± 3.6	—	15.7 ± 1.25
	2岁11月	14.17 ± 0.12	95.4 ± 3.7	—	15.6 ± 1.20
	3岁0月	14.34 ± 0.12	96.1 ± 3.7	49.8 ± 1.3	15.6 ± 1.25
女童	2岁7月	12.90 ± 0.13	91.4 ± 3.6	—	15.5 ± 1.30
	2岁8月	13.09 ± 0.12	92.2 ± 3.6	—	15.5 ± 1.30
	2岁9月	13.28 ± 0.13	92.9 ± 3.7	—	15.5 ± 1.35
	2岁10月	13.47 ± 0.13	93.6 ± 3.7	—	15.4 ± 1.30
	2岁11月	13.66 ± 0.13	94.4 ± 3.8	—	15.4 ± 1.30
	3岁0月	13.85 ± 0.13	95.1 ± 3.8	48.8 ± 1.3	15.4 ± 1.30

注：身高取立位测量值；*头围测值摘自2005年中国九市7岁以下儿童体格发育调研测值，s为标准差。

喂养知识

　　蔬菜有绿色、黄色或橙色、白色之分。虽然，蔬菜的颜色与营养含量之间有直接关系，如绿色蔬菜营养优于黄色蔬菜，黄色蔬菜营养优于红色蔬菜及其他浅色蔬菜，但并不是某一种蔬菜的营养就一定高于其他蔬菜。妈妈在对蔬菜的选择上不要"偏食"，每一种蔬菜的营养各有所长，都应适当给宝宝吃，并进行合理搭配。这样，才能取优补劣，使宝宝摄取到均衡的营养。

1. 宝宝偏食肉类怎么办

　　肉类的营养价值高，是幼儿发育所必需的食物，大部分人认为，肉与营养好是画等号的。肉类烹煮后有一种特殊的香味，所以包括成人在内，有很多人喜欢肉类食物，但如果太偏好肉类而不愿吃其他食物的话，就会出现问题，如容易变胖、便秘，等等。偏食肉类的危害如下。

　　（1）多吃肉容易发胖。引起幼儿肥胖的原因有很多，比如偏爱快餐、含糖饮料、运动量不足都是导致幼儿发胖的原因。现在幼儿园中还经常能看到喜欢吃洋快餐的宝宝，体重过重的幼儿和儿童喜吃肉类的比较多，如果幼儿每天要消耗的总热量中，脂肪提供的热量占的比例较高的话，就容易让人变胖。

　　（2）打下慢性病的底子。人体组织结构中的脂肪成分，由甘油和脂肪酸组成，其中人体不能自行合成而必须从食物中摄取的脂肪酸叫做必需脂肪酸。植物油所含必需脂肪酸较动物脂肪丰富；动物内脏必需脂肪酸含量高于瘦肉、瘦肉高于肥肉。肉类中多不饱和脂肪酸的含量不高，按高、次高等划分则为鸭肉、猪肉、鸡肉、羊肉及牛肉，而淡水鱼类含量并不高。人体摄入过多的饱和脂肪酸容易引起高血脂症等心血管慢性病，所以应该尽可能少吃含饱和脂肪酸高的猪肉、羊肉、牛肉等畜肉类，而鱼类饱和脂肪酸含量最低。也许您会想，小孩的身体代谢比较快，多吃些也无所谓，但事实上，各种各样的毛病都是长年累月不注意而慢慢得来的，所以妈妈们还是应该在幼儿小的时候开始重视这个问题。

（3）营养摄取不均衡。如果只是吃肉而不吃其他食物或其他食物吃得非常少的话，有的宝宝并不一定会变胖，说不定反而更瘦弱。这是为什么？原来孩子的生长发育需要各种各样的营养素，只有在这些营养素全部足够的情况下，才能正常地生长发育，肉类虽然能提供身体必需的氨基酸和一部分营养素，但并不能提供所有的营养素，所以不能维持孩子的正常生长。

（4）便秘。蔬菜和水果中含有大量的纤维素，纤维素可以增加肠内的有益细菌、帮助排便、预防便秘、控制体重增加、预防肥胖的发生。只爱吃肉不吃蔬菜的幼儿会因为缺少纤维素而便秘。如果这种情况不改善，那么便秘也可能引发很多其他的问题。

（5）反应迟钝。人体体液呈微碱性，因此保持稳定的微碱性环境才是最适宜的，如果偏食肉类，其最终代谢产物呈酸性，人体为维持体液的酸碱平衡和电解质平衡，将有较多矿物质如钾、钠、钙、镁等的消耗，有可能出现反应迟钝、容易生病等情况。因此，要为孩子建立平衡膳食食谱，可以鼓励孩子多吃些胡萝卜、菠菜、海带、茼蒿等含有丰富维生素及矿物质的食物。

膳食平衡是维护健康的良方。实际上儿童爱吃肉有父母的遗传和营养环境的影响，有爱吃肉的父母就有爱吃肉的孩子。不过为了孩子和自己的健康，父母自身要建立蔬果粮肉兼备的膳食行为，不要只吃肉类不吃蔬菜，这样才能帮助偏食肉类的孩子养成膳食平衡的好饮食习惯，孩子才能获得均衡的营养，这对孩子来讲很重要，不偏食的小孩才会长得最好。

2．吃肉有利健康，但应符合医学营养学的科学规范

肉类含有较高的蛋白质，它和奶、豆类都是构成及修复儿童机体组织的优质蛋白质，但肉类所提供的蛋白质不宜超过所需蛋白质总量的50%。此外，从吃肉这个角度来看，同样是100克（即2市两）的猪肉、牛肉、羊肉、鸡、鸭、兔肉、鱼和虾等，猪肉的脂肪比兔肉、牛肉、鲫鱼高2倍多，比鸭肉高3倍，比火鸡高7倍。而猪肉的蛋白质含量略高于禽肉和鱼虾，可参看表7-2。因此，儿童日常膳食以多选水产品为好，或畜肉和鱼肉的摄食量差不多，避免偏食猪肉，增高脂肪摄入量，带来不必要的营养失衡。从表7-2中可知，火鸡腿脂肪含量最低。

表7-2　每100克肉禽鱼虾蛋白质及脂肪含量表

营养素	里脊肉	牛肉	瘦羊肉	兔肉	鸡胸肉	火鸡腿	鸭胸肉	鲫鱼	带鱼	基围虾
水/%	74.7	72	75.1	76.2	71.7	72.5	78.6	78.6	78.8	75.2
能量/千卡	150	134	111	102	118	100	90	89	108	101
蛋白质/克	19.6	22.3	20.6	19.7	24.6	16.7	15.0	18	17.6	18.2
脂肪/克	7.9	5.0	3.2	2.2	1.9	0.7	1.5	1.6	4.2	1.4

3．巧妙搭配让宝宝爱吃蔬菜

不论在什么季节，宝宝的一日三餐都要遵循平衡膳食的原则，讲究食物的多样化。一般，宝宝的饮食组成可分为五组：粮食组、蔬菜组、水果组、动物性食品组、乳类制品和豆制品组，每组必不可少，

其组成及用量可参见平衡膳食宝塔示范。遇到不爱吃蔬菜的宝宝，妈妈就要在形状和颜色搭配上多动脑筋，下面推荐几个食谱，希望对你有所帮助。

（1）白菜肉卷：将白菜叶用开水烫一下，把调好味的猪肉馅放在摊开的白菜叶上，卷起成筒状，再切成段，放入盘内加葱、姜、酱油、盐、花椒、大料等，上笼（30分钟）蒸熟即可。

（2）炸胡萝卜盒：将粗的胡萝卜切成约0.2厘米厚的连刀片，用开水烫一下待用。用葱、姜、酱油、盐等将肥瘦猪肉馅调好味。把肉馅夹入胡萝卜内，在面粉糊中蘸过，放入油中炸成金黄色即可。

（3）蔬菜浓汤：将土豆1/8个、胡萝卜1/8条去皮、切丁备用；西红柿1个洗净切丁，洋葱1/8个去皮切丁，豆腐1小块切丁备用。将油锅热好后，先炒洋葱和胡萝卜，加入青豆仁半汤匙，再放入其他材料，用小火煨炖至高汤浓稠，加入西红柿丁，最后加入少许盐即可食用。

（4）牛肉蔬菜粥：准备牛肉20克，香菇1个，大白菜叶半张，白米饭半碗，酱油，芝麻油，胡萝卜，盐备用；先把香菇切成细丝，白菜和胡萝卜也切成丝备用；锅中放少许芝麻油，稍加热，放入香菇丝、胡萝卜丝略微炒一下，再放入牛肉和白菜丝，加水煮到菜都变软，再加入白米饭煮成粥样烂饭。

（5）炒素四宝：胡萝卜、荸荠、水发黑木耳、荷兰豆都洗净切成片，先下胡萝卜小火翻炒出香味后，再放入其他原料，最后撒入适量的盐，起锅。

蔬菜搭配一日食谱示例

早餐：笋瓜肉馅小包子，芹菜花生米拌豆腐干，甘薯大米粥

上午点：酸奶1杯

午餐：黄油蒸菠菜，火腿煎芦笋，青椒炒肉丝，小馒头

下午点：圣女果1把

晚餐：蘑菇海带烧肉，黄瓜土豆胡萝卜鸡蛋沙拉，海米冬瓜汤，米饭

2岁8个月宝宝喂养要点

1. 如果妈妈们发现宝宝有以下的身体变化，可以去医院检查看看宝宝是不是出现了蛋白质—热能营养不良现象。

（1）体重不增。由于热量和蛋白质供应不足，机体必需消耗自身组织，先消耗存储在肝脏和肌肉的糖原，然后再动用皮下及体内组织脂肪使人见瘦。最后靠氧化蛋白质供给能量，使肌层变薄更加消瘦，体重不增或下降。

（2）水肿。由于蛋白质摄入不足，胃肠道吸收不良或者过量消耗体内的蛋白质作为能量，使血浆蛋白降低，水分从血管渗入组织间而导致水肿，出现在体位低之处，如脚踝及足背。

2. 防止蛋白质—热能营养不良

什么样的宝宝可能出现蛋白质—热能营养不良现象呢？出生低体重，如双胞胎、多胎儿、早产儿和未成熟儿。

（1）长期摄入不足，如妈妈母乳不足，没有及时增补辅食的婴儿；人工喂养奶的质量不良；或者断离母乳之前没有做好准备，突然实施断奶的；或者添加辅食后完全停止乳品摄入的宝宝。

（2）患有慢性病、食欲不振、长期腹泻呕吐，或者有唇腭裂而导致吸吮困难或者幽门狭窄等畸形的宝宝。

3. 营养不良的分度

联合国儿童基金会（UNICEF）关于5岁以下幼儿营养不良的分类标准如下。

体重低下：受检幼儿体重低于该年龄幼儿平均值（或中位数）1

个标准差以下。

发育迟缓：受检幼儿身高低于该年龄幼儿平均值（或中位数）1个标准差以下。

消瘦：受检幼儿身高和体重低于该年龄幼儿群体平均值（或中位数）1个标准差以下。

鉴于短期热能及营养素供给不足对幼儿体重降低的影响较大而快速，为方便应用，我国儿科临床以单项体重变化作为营养不良的分类指标，评判如下。

Ⅰ°营养不良：在3岁前较同年龄幼儿标准体重均值或中位数减少15%～25%。皮下脂肪减少常常从腹部开始，躯干的脂肪层少于0.8厘米。肌肉不结实，但肌张力基本正常。面色正常或略带苍白，精神和体温都正常。

Ⅱ°营养不良：体重较同年龄幼儿标准体重均值或中位数减少26%～40%。身长略减，腹壁皮下脂肪明显减少，颈、面部脂肪变薄。肌肉松弛，肌张力减退，皮肤苍白起皱。哭声无力，运动落后，体温偏低，食欲不振，对食物耐受性差。

Ⅲ°营养不良：体重较同年龄幼儿标准体重均值或中位数减少40%以上，身长下降。全身皮下脂肪几乎消失，呈皮包骨样。面颊脂肪消失，面和额都有皱纹似老人。皮肤苍白、干燥而无弹性。肌肉萎缩使四肢挛缩少动。体温不稳定，容易因感染而上升。

4. 如何预防蛋白质—热能营养不良

从婴儿添加辅助食品开始，就应注意每日摄入食品的总热能量、品种及用量，待辅食品种丰富、用量品种合理并进入换乳期时，及时过渡到幼儿平衡膳食食谱。乳类或者豆制品、鸡蛋、鱼肉类都可以提供优质蛋白质，但总热能量应满足幼儿需求。

主副食搭配要合理。注意鸡蛋、豆腐、肉和肝、鱼和禽类要渐渐添加，搭配适量蔬菜和水果。在逐步添加副食品种和用量时要保证乳类或者豆浆的定量供应。定期监测幼儿营养健康状况并接受保健部门指导。

2岁9个月宝宝喂养要点

宝宝情绪不稳定大多是偏食引起的，特别是不喜欢吃蔬菜的宝宝。这些宝宝牙齿咬合力较弱，或龋齿较多，因此不能用力咀嚼，而咀嚼可以缓和人的紧张情绪和焦虑。咬合力差将影响颌面部空间发展及牙列的整齐。另外，蔬菜中的钾有助于镇静神经，安定情绪。因此，妈妈一定要多动脑筋，吸引宝宝爱吃蔬菜。

1. 调整宝宝厌食、挑食有绝招

2～3岁的宝宝如果出现厌食、挑食，比1～2岁宝宝来说要难以调整。有好多妈妈说，哄宝宝吃饭就像是一场战斗，跟在小家伙屁股后面左跑右跑，连哄带骗，软硬兼施，都不管用。怎么办呢？下面的绝招总有一招能让你的宝宝乖乖就范。

（1）正确对待

2～3岁的宝宝饮食量是不稳定的，宝宝学会走路后，每天基本上可以吃上三顿饭，上午和下午各加一次小食品就可以了。宝宝在这段时间食欲变化很大，可能有一天给什么吃什么，可第二天什么都不吃。妈妈们要仔细观察，总结出宝宝日均进食量，如果宝宝突然不爱吃东西，先不要着急，如果不是病态的，可能过两天他自己就会好好吃饭的。

（2）态度坚决

如果宝宝挑食不好好吃饭，妈妈们到了吃完饭的时间就把饭菜拿走，妈妈们在两餐之间不要给宝宝加零食，只有到了下顿吃饭的时间才可以再吃饭。让宝宝明白吃饭的时间到了就要好好吃饭，这样才能不饿。

（3）限量供应

幼儿的胃容量较小，实际上是吃不了多少东西的。妈妈们在给他们盛食物的时候，不要一次给得太多，给得太多他就会觉得不新鲜了，就像成年人一样，他们也喜欢吃稀罕的东西。好吧，从现在起，把给宝宝的东西限个量吧，让他刚刚够吃就好，如果吃多了，或者吃坏了，那么以后可能就再也不想吃了。

（4）瞒天过海

把宝宝喜欢和不太喜欢的食物混在一起，喜欢吃的多放些，不喜欢吃的少放些。等宝宝慢慢习惯了，逐渐增加不喜欢食物的量，等待宝宝慢慢接受。如果宝宝喜欢吃包子，可以把他不喜欢的菜做成包子馅吃，如果他喜欢吃水果，不喜欢喝水，那就做些果汁兑上水给他喝吧。妈妈们根据自己家里的实际情况，可以想出很多这样"对付"宝宝的办法。

（5）做个游戏

小孩子都喜欢做游戏，如果你和他说，宝宝和妈妈来比赛，看谁吃得快！虽然这游戏被用过千百遍，但对3岁以下的小朋友是百试百灵的，很管用。

（6）小小帮手

妈妈们在准备饭菜时，在确保安全的情况下，可以让孩子也动手参与，让他们享受一下买菜、摆放餐具等的乐趣，并给予适当的鼓励和奖赏。这办法除了培养他们劳动的积极性外，也是让他们对食物产生兴趣的一种方式。

（7）换换新口味

如果孩子只喜欢吃一种或几种他最爱的食物，拒绝其他食物的时候，就可能会发生营养失衡，妈妈们需要培养他对新食物的兴趣。一般的做法是三餐中的一餐做宝宝最喜欢的食物，其他的两餐让他吃其他的食物，这样有两个好处，一方面，孩子吃到了喜欢的食物，得到了满足，会很愉快。另一方面，让他自己在两个都不太喜欢的食物或都没吃过的食物中挑选，不管他选中了哪个，都是一种进步，而且吃自己选的食物也不会有抵触。

（8）榜样的力量

宝宝和爸爸妈妈坐在一块儿一起吃饭，这种气氛是很有感染力的，而且当爸爸妈妈表现出某些东西好吃，并吃得津津有味的时候，宝宝就会馋了。开始的时候，餐桌上要有一两样他爱吃的食物，渐渐地，宝宝就会接受多种食物了。爸爸妈妈首先应该做到不挑食、不偏食，才能为宝宝做好榜样。很多家庭里的成员在做坏榜样，不吃这不吃那地挑食，言传身教，宝宝就跟着学会不吃这些食物了。

（9）拒绝甜食

食用过多的甜食会影响宝宝的健康，但孩子都喜欢吃甜食，就连大人也不例外。妈妈们首先要少买甜食。如果一定要买，就要挑选有营养的甜食，千万不要买那些"垃圾"食品。如果可能的话，要给宝宝限一个量，比如一天只能吃一块点心、两块蛋糕等，但可以让宝宝自己选择在什么时候吃。当然，妈妈们还要记住，要把甜食切成小块，这样，就算多吃几块，也还是能少吃进一些的。

（10）不要强化

父母的过分关注，会使宝宝不愿意好好吃饭。家里大人说话要注意千万不要强化"宝宝不爱吃什么什么"。这次宝宝不爱吃就不吃了，下次再吃。如果下次还是不吃，再等到下下次吃。其实，宝宝只是暂时不接受，慢慢习惯了就接受了。千万别下定论"宝宝不爱吃"。爸爸妈妈在吃饭的时候，给孩子少盛一些饭，如果孩子都吃掉了，也不要主动问他是否想再加，如果他表现出还想再吃一点，就给他加上一点，但什么也别说。慢慢地孩子就不再抵触了。

小贴士

一般情况下，宝宝厌食可能是由于以下原因引起的。

① 缺乏微量元素和患病时会引起厌食。缺乏锌、铁、钙、贫血、胃病和消化不良等疾病会引起消化功能降低，进而影响宝

宝食欲，导致厌食。

② 没有良好的饮食习惯，食物单调且用餐无规律。

③ 爱吃零食；对宝宝溺爱，喂养或教育的方式不当。

④ 妈妈过于想把宝宝喂好，导致进餐时大人宝宝都比较紧张。

2岁10个月宝宝喂养要点

1. 蔬菜汁、水果汁

宝宝喝蔬果汁，通常没有定时，口渴了、嘴馋了、肚子饿了，总会抓起一大瓶就往肚子里灌。在宝宝的成长发育过程中，蔬果汁并不能成为水果和蔬菜的完全替代品，即便喝，每天的饮用量最好也不要超过250毫升，而且要分几次喝。尤其在宝宝生长发育期，蛋白质和热量补充一定要足够，蔬果汁只能搭配吃，不应取代正餐。

2. 蔬菜汁营养成分和保健功效

人体内的有毒物质主要来源于两个途径：一是大气与水源中的污染物，通过呼吸及进餐侵入人体内，铅、铝、汞等重金属就是其代表；另一个是食物在体内代谢后的废物，如自由基、吲哚、硫化氢等。鲜果汁、鲜菜汁常常能解除体内堆积的毒素和废物，因为鲜果汁或鲜菜汁进入人体消化系统后，会使血液趋向碱性，把积存在细胞中的毒素中和或解离，并排出体外。

3. 蔬菜汁的制法

制作方法不复杂，将蔬菜洗净切成小片，放入榨汁机中搅拌即可，饮用时可用糖、蜂蜜或混合鲜果汁调味。下面介绍几种常见的蔬菜汁的食疗保健功效。

① 胡萝卜汁：每天喝上一定数量的鲜胡萝卜汁，能改善整个机

体的状况。胡萝卜汁能提高人的食欲和对感染的抵抗力。哺乳期的母亲每天多喝些胡萝卜汁，有助于增加奶中的相应成分。患有胃溃疡的人，饮用胡萝卜汁可以增强维护黏膜上皮细胞完整，显著减轻症状，胡萝卜汁还有缓解结膜炎以及保养整个视觉系统的作用。

②芹菜汁：芹菜味道清香，可以增强人的食欲。在天气干燥炎热的时候，清晨起床后喝上一杯芹菜汁，自我感觉会好得多。在两餐之间最好也喝些芹菜汁。由于芹菜的根叶含有丰富的维生素A、维生素B_1、维生素B_2、维生素C等，故而芹菜汁尤其适合于维生素缺乏者饮用。

③圆白菜汁：圆白菜，又称洋白菜或甘蓝。圆白菜对于促进造血机能的恢复、阻止糖类转变成脂肪、防止血清胆固醇沉积等具有一定的作用。白菜汁中少量的胡萝卜素可转化为维生素A，有助于幼儿发育成长和预防夜盲症。白菜汁所含少量的硒，除有助于防治弱视外，还有助于增强人体内白细胞的杀菌力和抵抗重金属对机体的损害。当牙龈感染引起牙周病时，饮用圆白菜和胡萝卜混合汁，不仅可以为人体提供一定量维生素C，同时还可以清洁口腔。

④番茄汁：番茄富含营养素，每人每天吃上2～3个番茄，就可以满足一天维生素C的需要。喝上几杯番茄汁，可以得到一昼夜所需要的维生素A的一半。番茄含有大量柠檬酸和苹果酸，对整个机体的新陈代谢过程大有裨益，可促进胃液生成，加强对油腻食物的消化。番茄中的番茄红素是强而有效的抗氧化剂、可消除体内代谢产生的自由基，并有调节肿瘤抑制基因降低肿瘤发生率的作用。番茄中的维生素及谷胱甘肽等有抗衰老和保护血管的作用，并能改善心脏的工作。此外，常饮番茄汁可使皮肤健美。

⑤黄瓜汁：黄瓜汁的利尿功效名列前茅。黄瓜汁在强健心脏和血管方面、在神经系统镇静和强健方面，以及对牙龈损坏及对牙周病的防治方面也有一定的功效。黄瓜汁所含的许多微量元素都是头发和指甲所需要的，能预防头发脱落和指甲劈裂。

2岁11个月宝宝喂养要点

1. 微波炉烹调

微波炉对于蔬菜中关键营养成分的保留，比起传统的蒸、煮等制作方法是一种最糟糕的烹调方式，而蒸食是最佳方式。抗氧化剂可保护细胞免受自由基和外界化学物质的损害。蒸食蔬菜较少破坏抗氧化剂成分，而用微波炉差不多使抗氧化剂完全损耗。其他烹调方式的损耗介于以上两者之间，但很多重要营养成分在烹调时流失到水中，使蔬菜中的抗氧化剂减少一半以上。另外，如果在吃肉时加吃蔬菜，蛋白质吸收就会高达87%，比单纯吃肉类高出20%，从而增强营养效果和提高抵抗力。

2. 烹调蔬菜与进食

（1）生着吃还是熟着吃

很多家长认为，蔬菜生着吃最有营养。其实，生吃或熟吃与居民的膳食习惯、进食期望和厨艺手法有关，幼儿膳食则与家长认知和膳食行为有关。

蔬菜中含有多种营养成分，其中最娇气的要数维生素C和叶酸，其他则基本上是耐热的。蔬菜烹炒之后，维生素C的保存率在50%左右，而胡萝卜素等可高达90%以上，纤维素和矿物质则可以100%地保留。由此可见，吃蔬菜的数量对于营养供应是至关重要的，而是否生吃则是第二位的。同时，胡萝卜素属于脂溶性营养素，如果没有油脂的配合，吸收起来十分困难，对于胃肠功能本来较弱的幼儿来说更是如此。

然而从另一个角度来说，蔬菜生吃可以保留100%的维生素和叶酸，以及多种活性保健因子，如洋葱中的降血脂成分，圆白菜当中的抗溃疡成分，大蒜当中的杀菌成分等，对孩子来说也不无裨益。

因此，最为理想的状态是把富含胡萝卜素的绿叶蔬菜和橙色蔬菜用来熟吃，颜色浅、质地脆嫩的蔬菜则不妨生吃。如果体质和肠胃功能允许，不妨让孩子经常尝试一些凉拌菜，以及蔬菜沙拉、蘸酱生菜等吃法。

（2）煮着吃还是炒着吃

熟吃蔬菜时，过长时间的烹调不利于营养素的保存，高温煎炸更可能产生促癌物质。快速烹炒、短时间烹煮、烫熟或蒸熟之后再加调味品凉拌，都是不错的方法。

对于富含胡萝卜素的绿叶蔬菜和橙黄色蔬菜来说，如果没有一点油脂，也会妨碍其中营养素的吸收。只要在蔬菜烹调中使用肉汤、少量烹调油、香油和色拉酱等，即可保证胡萝卜素的吸收，无需使用大量油脂。蔬菜本身脂肪含量极低，富含膳食纤维，是一类热能极低、口味清淡的食物。在烹调的时候，应当注意发挥蔬菜这个优势，培养孩子清淡健康的口味，而不是用大量油脂将它变成高脂肪高能量食物。

有些孩子胃肠娇嫩，对粗纤维和生冷食物比较敏感，那么应当尽量采用熟食，质地可以烹调得略微软一些。对于纤维过多的蔬菜来说，此时用炖煮方式更为合适。特别需要注意的是，豆角类菜肴必须彻底烹熟，否则可能发生食物中毒。

（3）分着吃还是合着吃

有些家庭喜欢把蔬菜单独烹调，也有的喜欢和肉类一起烹调。实际上，两种烹调方式各有优势。单独烹调时往往能更好地掌握火候，而且口味清爽，脂肪含量较低；和肉类一起烹调可以增加原料的多样性，调味更为浓郁，也可增进蛋白质吸收；但是烹调程序较为复杂，而且往往会失去蔬菜的清爽感，脂肪含量较高。

在单独烹调蔬菜时，需要注意蔬菜的多样性。按照饮食多样化的要求，每天应当给孩子吃5种以上的蔬菜，比较理想的搭配是2种绿叶蔬菜、2种浅色蔬菜、1种薯类、1种菇类或藻类蔬菜。如果每种蔬菜都单独烹调，显然会让父母十分辛苦。但是，如果必须和肉类一同

155

烹调，那么肉类和脂肪的摄入量可能会超标。最合理的方式是绿叶蔬菜或爽脆蔬菜用来单独烹调，而马铃薯、萝卜、胡萝卜、洋葱、蘑菇或海带等适合长时间炖煮的蔬菜用来和肉类共同烹调。

（4）早上吃还是晚上吃

吃蔬菜并不限于时间早晚，最好每一餐都有供应。早餐时间较紧，孩子往往胃口欠佳，但番茄、黄瓜等蔬菜可以用来生吃或做沙拉，各种青菜适合放在汤面当中，还有一些蔬菜可以制作菜饼和菜粥。中午时间有限，父母们可以选择处理、烹调起来比较方便的蔬菜，如生菜、番茄、绿菜花等；晚上则是吃蔬菜的大好时机，需要花些功夫的豆角、莴笋、青菜、胡萝卜之类都可以放在这个时间享用。如果可能的话，用樱桃萝卜、圣女果番茄之类可生食蔬菜代替日常水果，还可以在三餐之间为孩子额外增加蔬菜供应。

（5）整着吃还是切碎吃

有一种理论认为，蔬菜整着吃可以减少切口的养分流失，对保存营养价值更有好处。这种烹调方式对火候的掌握要求较高，而且不适合给幼儿食用。因为孩子年幼口小，通常更喜欢适合自己的小块食物，或是可以手持的大型食物，所以在烹调时应当考虑到他们的接受能力。

另一方面，切碎食用法提供了多种蔬菜互相搭配的可能性。幼儿喜欢鲜艳欢快的颜色，如果蔬菜的色调更为漂亮，能够增加他们食用蔬菜的兴趣。假如再能盛装在漂亮的盘子当中，更会增添菜肴的吸引力。

 3岁0月宝宝喂养要点

Ⅰ. 进食环境

一些宝宝习惯边吃边玩，还有的喜欢边吃饭边看电视。这些不良进餐习惯都易造成宝宝吃饭分心，影响食欲。合理的方法是：吃饭时收起所有玩具，关掉电视，让宝宝的注意力集中在吃饭上。在宝宝吃得很好的时候，及时鼓励他。吃饭中间孩子下地跑一圈再回到餐桌，只要他马上回来，也是可行的，但千万不要追在孩子后面喂饭。

2. 宝宝边吃边玩怎么办

很多宝宝活泼可爱，但是每逢吃饭就让爸爸妈妈束手无策。他从来都不好好坐下吃饭，要么是边吃边玩，要么边看电视边吃饭，为了让他吃饭，妈妈几乎每次都得跟在他后面边跑边喂，经常是吃一顿饭需要花费一两个小时。

① 原因分析：孩子养成边吃边玩的不良习惯有很多原因，但在很大程度上是因为父母没有科学地喂养孩子，比如孩子早已吃饱了，父母却要求孩子一定要把定量的饭菜吃完或再添饭；还有的父母过分迁就孩子，孩子想怎么样就怎样；有的父母没有为孩子建立有节奏的生活习惯，孩子玩得正在兴头上的时候硬拉着孩子去吃饭；更有的家庭没有对孩子进行良好的餐桌礼仪教育等。

② 对症下药：孩子到3岁左右，应引导他乖乖地坐着吃饭，不可边吃边玩。孩子吃饱了，就不要再硬塞给他吃了。

③ 家庭成员都共同遵守餐桌规矩：例如大家关注谁还没坐到餐桌边，让孩子感受到不光是在用餐，还能愉快地享受用餐时光，围着餐桌边吃边交流情感。进餐时尽可能排除引发孩子玩的因素，并尽可能将看电视与吃饭时间错开。这也需要父母能以身作则。

3. 控制吃饭时间的有效办法

① 吃饭时间不做其他事情。避免边吃饭边看电视、边吃饭边教育宝宝、边吃饭边对宝宝进行营养指导、边吃饭边游戏，等等。

② 不让宝宝吃饭时离开饭桌。让宝宝坐在餐椅里，可避免宝宝到处跑。宝宝还没吃完饭就离开饭桌，妈妈不要追着宝宝喂饭，也不要呵斥宝宝，只需把宝宝抱回饭桌，让宝宝继续吃饭。可以让宝宝围

157

着饭桌转悠两圈，因为这么大的宝宝不能老老实实地坐在那里，但不要让宝宝离开饭桌。

③ 控制吃饭时间。最好在半小时内吃完饭，如果宝宝没有在半小时内吃完饭，就视为宝宝不饿，不要无限延长吃饭时间。妈妈可能要问了，宝宝没吃饱怎么办？妈妈的心情可以理解，但建立好习惯毕竟需要一定章法。就算半个小时内宝宝没吃几口饭菜，也不要一直把饭菜摆在饭桌上，等下一顿宝宝饿了再吃，以增强宝宝对"一顿饭"与"下一顿饭"的时间概念。

④ 父母的模范作用。不希望宝宝做的，父母首先不要做，如在饭桌上看书、看报、看电视；在饭桌上吵嘴或说饭菜不好吃。这些都是为宝宝好好吃饭的基本原则。

⑤ 少放盐。宝宝不能吃过多的食盐，做菜时要少放盐。如果父母都比较口重，那正好借此机会减少食盐摄入。过多摄入食盐，对成人的身体健康同样不利。2～3岁幼儿每天食盐的用量是1～1.5克。

⑥ 少放油。摄入过多油脂会出现脂肪消化不良，也影响宝宝食欲。过于油腻的菜肴，容易引起宝宝厌食。宝宝喜欢吃味道鲜美、清淡的饮食。2～3岁幼儿每天食油量为10～15克。

⑦ 不要太硬。宝宝咀嚼和吞咽功能还不是很好，如果菜过硬，宝宝会因为咀嚼困难而拒绝吃菜。

⑧ 菜要碎些。宝宝咀嚼肌容易疲劳，如果菜肴切得过大，宝宝就需要多咀嚼，很容易疲劳；宝宝口腔容积有限，块大的菜进入口腔会影响舌在口腔内的运动，不利于咀嚼，宝宝会因此把菜吐出来。

⑨ 适当调味。宝宝有品尝美味佳肴的能力，但妈妈给宝宝做饭多不放调料，我们成人吃起来难以下咽，宝宝尚无对调料感受的愉悦经验不致拒食。所以给宝宝的饭菜通常不作调味。如果考虑到也要为宝宝适当调味，宝宝当然也会喜欢吃有滋有味的饭菜，但所调味道一定要清淡。

⑩ 给宝宝自己吃饭的自由。这是避免宝宝偏食厌食的重要方法，

宝宝已经有能力自己吃饭了，妈妈就不要代劳了；宝宝已经有选择饭菜的能力，妈妈不要总是干预宝宝该吃什么，不该吃什么。父母有义务为宝宝准备他应该吃的食物，宝宝有权利选择他喜爱吃的食物。"应该吃"与"喜爱吃"能做到基本一致，宝宝饮食就没什么问题了。

⑪ 品种多样。妈妈一周内给宝宝吃的饭菜只有一两种，几乎每天都吃同样的饭菜，这怎么能不让宝宝腻烦呢！一周之内，同样的饭菜，最多只能重复一次。

4. 怎样给孩子烹调胡萝卜

胡萝卜中含大量胡萝卜素，在肠道吸收后转变为维生素A，可增强人体的免疫力、维护视觉功能及正常骨质代谢，是一种对宝宝很有营养的蔬菜。然而，维生素A是一种脂溶性维生素，可在体内储存。如果不限量地让宝宝随意过量饮用胡萝卜汁，会使血中胡萝卜素水平骤增，引发胡萝卜素血症。表现为手掌、足掌皮肤变黄，就好似患了黄疸肝炎。还会出现厌食、呕吐甚至烦躁、夜惊等症状。其他富含类胡萝卜素的食物如柑橘类水果，过量进食也会使皮肤变为橙黄色。因此掌控进食摄入量很重要；好在由于胡萝卜有特殊的味道，孩子往往不喜欢吃，日常膳食一般不致过量。要提高胡萝卜素的吸收利用率，烹调方法有很大讲究。那就是，烹调胡萝卜时宜注意"掺"、"碎"、"油"、"熟"这几个字。

（1）"掺"：胡萝卜与肉、蛋、猪肝等搭配着吃，可以消除胡萝卜的味儿。

（2）"碎"：胡萝卜植物细胞的细胞壁厚，难消化，切丝、剁碎，可以破坏细胞壁，使细胞里的养分被吸收。另外，弄碎了，孩子也就没法把它挑出来了。

（3）"油"：在体内，胡萝卜素转变成维生素A前，得有脂肪作为吸收"载体"。没有加油，同样多的胡萝卜素很少被吸收，转变成维生素A的比例会大打折扣。

159

（4）"熟"：胡萝卜较少生吃。通常可以蒸熟后掺和在其他水果中榨汁喝。

5. 土豆也能做出宝宝最爱的菜肴

每100克土豆（马铃薯）中，就含有14毫克维生素C，比苹果、樱桃、桃子的维生素C含量还高，而且非常容易储存。同时，马铃薯又是一种低热能食物，每100克中产生的热能大约是大米的1/4，因此它既可当菜又可当饭，最适合不喜欢吃蔬菜的宝宝，同时对有些胖或避免长得太胖的宝宝，也是非常适宜的。如果你烹制土豆的手法多种多样，宝宝一定会更为欣赏。

（1）土豆烧牛肉

材料：牛腱子肉150克、土豆2只，八角、桂皮、葱、姜、食用油、生抽、料酒、盐、鸡精、白糖适量。

烹制：

① 洗净牛肉，逆着纹理切成块状，放入沸水中汆烫去血水和异味，捞起沥干水待用。

② 土豆去皮洗净，切块后放入清水中浸泡；姜切片，葱切段。

③ 烧热3汤匙油，爆香姜片和葱段，放入牛肉块拌炒几下，加入1汤匙料酒，以大火翻炒两分钟。

④ 将牛肉倒入沙锅中，注入两碗清水，加入3汤匙金标生抽王、1汤匙料酒、八角和桂皮拌匀，加盖大火煮沸改小火炖煮45分钟。

⑤ 倒入土豆块，与牛肉一同搅匀，加盖以小火再炖25分钟。

⑥ 开大火收汁，待锅内汤汁呈浓稠状，加入1/5汤匙盐、1/3汤匙鸡精和1/6汤匙白糖调味，即可出锅。

（2）土豆浓汤

材料：土豆1个、小蘑菇5只、蛤蜊肉、奶油、鲜牛奶、面粉、盐、胡椒粉适量。

烹制：

① 土豆去皮，先煮熟或蒸熟后，放至稍凉再切丁；新鲜小蘑菇用盐水烫熟，再冲凉切片。

② 用3大匙奶油加1大匙色拉油炒面粉，待其微黄时加入鲜奶及4杯清水煮成浓稠状汤汁。

③ 土豆丁放入煮软，并加盐调味，小蘑菇片也同时放入同煮，见土豆微微溶化时，放入蛤蜊肉再煮片刻，一开即关火，撒入胡椒粉盛出食用。

注意事项：

土豆先煮熟再切丁比较好煮；生煮的话时间较长，而且一熟就煳，无法控制颗粒的松软度。

炒面糊时若全部用奶油很容易焦，加一点色拉油即可避免，也比较好炒。

（3）火腿土豆泥

材料：土豆两只、熟火腿100克、黄油两汤匙、盐1/2汤匙。

烹制：

① 土豆切成滚刀块，放入加盐的沸水中，加盖中火煮20分钟至软烂，捞起过冷。

② 土豆置入大碗内，撒入半汤匙盐搅拌均匀，用勺子将土豆做成泥状。

③ 火腿切成片，再切成条，最后切成小丁备用。

④ 烧热两汤匙黄油，倒入火腿丁，以小火拌炒至香气四溢。

⑤ 倒入土豆泥，与火腿丁一同拌炒均匀，即可上碟。

6．为宝宝制作健康小零食

不少妈妈对宝宝吃零食的问题实在是左右为难，不给宝宝吃零食吧，确实有点不近人情，而且似乎不可能；给宝宝吃吧，又怕各种各样的添加剂伤害宝宝娇弱的身体。如果宝宝过度馋恋零食还有超重、肥胖的隐忧。其实零食也有"好坏"之分，与其空担心，不如动手给自己的宝宝制作点健康的小零食。

（1）冰糖奶香玉米棒

玉米中的维生素B_6、烟酸等成分，具有促进胃肠蠕动、加速排泄的特性，可防治便秘、肠炎、肠癌等，是适合幼儿的粗粮。

原料：玉米棒

调料：冰糖、植物油、奶酪

制作：奶酪碾碎备用。将玉米棒洗净，切成3厘米长的棒段；将切好的玉米段放入锅中，加适量水，加入冰糖，用大火烧开后用中火煮30分钟左右，再加入碎奶酪，最后放入少许植物油、使玉米带有香香的奶油味。

（2）香烤地瓜

地瓜（红薯）含有多种不易被消化酶破坏的纤维素和果胶，能有效刺激消化液分泌及肠胃蠕动，使大便畅通，而且还含有丰富的糖类、维生素、矿物质等营养成分。

原料：红薯（紫薯为上选）

调料：植物油

制作：红薯洗净去皮，切块；烤盘刷植物油，将切好的红薯铺平放在烤盘里；烤箱预热到160℃后放入烤盘，烤40～45分钟。

护理宝宝须知

家中养宠物时要防止宝宝被感染罹患传染病

养宠物可以给宝宝带来欢乐，但它也可以带来危害，最大的危害就是传播疾病。狗和猫都能通过唾液传播狂犬病，如果宝宝不慎让猫、狗咬伤或抓伤，就需要注射狂犬疫苗，除了经济上要花钱外，一连几次给孩子注射疫苗（狂犬疫苗需要注射5次）会给宝宝精神上造成很大恐慌。此外，猫、狗等宠物身上还可能带有螨虫，它能引起皮癣、湿疹等疾病。猫、狗等宠物身上是跳蚤等最好的寄生场所，可以通过宠物传给人。很多疾病也可以通过跳蚤传播。近年许多宝宝患有罕见的寄生虫病和霉菌感染，询问病史得知家里养有宠物。为什么宝宝会比成人容易感染这些病呢？这是因为，宝宝抵抗力低，接触这些病原体后容易被传染；再者是因为，宝宝不会保护自己，也容易沾染上这些病原菌。所以家中有宝宝，最好不要养宠物。如果已经养了宠物，要注意给宠物接种疫苗，并尽量保持宠物卫生，并教育或看护好宝宝，不要与宠物密切接触。

2～3岁宝宝要预防的意外伤害

2～3岁幼儿由于活动能力增强，但自控能力还较差，特别容易

163

发生意外伤害。家长要对宝宝活动的场所进行合理的安排和布置，以避免发生意外伤害。首先，室内地面最好采用木地板。

水泥或瓷砖地面应铺有地毯或垫子。桌角、椅角以圆角为宜，以免跌伤和碰伤。幼儿出入的门应向外开，不宜装弹簧，在门缝加塑料或橡皮垫，以免夹伤引起手指骨折。窗户、阳台、楼梯应有护栏，护栏高度不低于1.1米，栏间距不大于11厘米，中间不设横向栏杆，以免幼儿攀越。

4岁以前幼儿睡的床应有护栏，床栏插锁应安装在幼儿够不到的地方，以防坠床。热水瓶、电饭锅、粥锅、家用电器、打火机、刀剪等应放到幼儿取不到的地方，以免烫伤、烧伤、触电及割伤。要经常检查电器、电线是否漏电，以防幼儿发生触电。总之，要给幼儿提供一个安全的活动场所。

 要避免玩具伤害宝宝

不要给宝宝玩体积小，如珠子、扣子、别针、图钉、硬币等玩具，以免塞入耳、鼻，放入口中误吞，造成耳、鼻、气管、食管异物。更不要给宝宝玩小刀、剪子或有毒物品，以免造成刺伤、割伤及中毒。对大型玩具，如滑梯、跷跷板、攀登架等应定期检查是否牢固，有无损坏，玩耍时要有成人在旁边照顾。另外，不要让宝宝自己燃放鞭炮，以免炸伤宝宝的面、手、眼等部位。

 注意保护宝宝的眼睛

（1）光线充足舒适（光线太弱，字体看不清楚，就会越看越近视）。

（2）要避免反光，书桌应有边灯装置，其目的在减少反光，以降低对眼睛的伤害。

（3）勿太长时间读写或看电视，每20～25分钟左右休息片刻为佳。

（4）坐姿要端正。不可弯腰驼背，靠得很近或趴着读写，这样易造成睫状肌紧张过度而引起疲劳，进而造成近视。

（5）看书距离应适中。书本与眼睛之间的标准距离以30厘米为适宜，且桌椅的高度也应与身体相适应，不可勉强将就。

（6）看电视距离勿太近。看电视时应保持与电视画面对角线六至八倍的距离。

（7）睡眠不可少，作息有规律。睡眠不足身体易疲劳，易造成假性近视。

（8）多做户外运动。经常眺望远处放松眼肌，防止近视，与大自然多接触，青山绿野有益于眼睛的健康。

（9）营养摄取应均衡，不可偏食，应特别注意维生素B类（胚芽菜、麦片、酵母等）的摄食。

（10）防止眼外伤。随着宝宝逐渐长大，活动范围也越来越大，预防眼外伤就显得尤为重要。

要加强对宝宝的安全教育，如不要拿着铅笔、筷子等尖物猛跑，以免摔倒时尖物扎伤眼睛；家里使用强酸、强碱等洗涤剂时要让宝宝避开，以免液体溅到宝宝的眼中造成化学烧伤；如果发生烧伤要立即用清水彻底清洗，然后去医院做进一步处理。

培养宝宝良好的坐姿

孩子的骨骼在不断地成长变化，当坐着的时候如果腰不能挺直的话，身体的重力就会使他的脊梁发生脊柱侧弯。如果宝宝没有一个很好的坐姿，也容易疲劳。因此，从小培养宝宝正确的坐姿是非常重要的。正确的坐姿应是上身挺直，收腹，下颌微收，两下肢并拢。如有可能，最好在双脚下垫一踏脚或脚凳，使膝关节略高出髋部。

智能体能发育

 体能、智能发育

表7-3　2岁7个月～3岁0月幼儿体能、智能发育

项　目	发　育　状　况
大动作能力	能双脚交替自如上下10厘米高的台阶；单脚跳远10厘米，在大人看管下，登上3层攀登架（每层间距12～15厘米）；在距离1米处踢球入门
精细动作能力	会用筷子夹大枣，会解开和扣上衣服上的纽扣，能画人的2～3个部位，或能在人像上添2～3个部位，会折叠纸张，能用剪刀剪纸，会洗手
认知能力	开始在抽象意义上理解方位概念，如上下、里外、前后等；能够认识5种以上的颜色，如红、绿、蓝、黄、黑；能够区分基本的形状，如圆形、方形和三角形；注意力集中时间逐渐延长到15分钟；能再现几个星期前感知过的事物；开始依靠事物的具体形象或表象进行思维，想象能力得到进一步的发展；能够理解复数名词；能在一组大小不一的物品中，挑出最大的和最小的，表现出比较能力的进一步提高
语言能力	知道基本颜色的名称，如"红"、"绿"，并能正确指出；问更复杂的问题，开始使用"什么"、"哪里"、"什么时候"、"为什么"、"如何"等询问复杂的问题；理解基本语法，用带"如果"、"和"、"但是"的语法结构进行复杂和高效的交流
情感与社交能力	会妒忌别人，害怕失败，会对妖魔鬼怪等想象中强大的事物感到害怕，喜欢问问题，知道自己的性别一生不变，对男女身体差异好奇，能够接受和妈妈的分离，出现和伙伴的合作游戏和互惠行为

 语言发展

1. 语言发展的特点

这一阶段，宝宝的单词句、双词句这一类特殊语言成分已经大大减少，语言已经纳入目标语言的轨道。

（1）说出自己是男还是女。

（2）会用"和"、"跟"、"但是"连接句子。

（3）会回答生活中简单问题，如"饿了怎么办"。

（4）能说完整的儿歌。

（5）逐渐喜欢听故事和能理解故事的简单情节，对文学、语言感兴趣，愿意模仿。一个故事可以重复听数遍。喜欢朗诵短小儿歌。

（6）能说出完整的句子，出现多词句和复合句。说话方式基本和成人差不多，句子的含词量达5～6个单词。

（7）说话不流畅，表达常有"破句现象"。

2. 促进语言发展的小游戏

【游戏一】

● **游戏名称**：小猴子喜欢吃什么。

● **训练目的**：学说句型"我喜欢××"、"你喜欢××"。

● **训练方法**：

（1）家长拿出小猴子手偶，小猴子进行自我介绍："你好，我是小猴子比比，我是男孩子，我喜欢吃桃子，宝宝你喜欢什么呢？"

（2）家长拿出水果，扮演小猴子角色问宝宝："这是什么？"家长引导宝宝用完整的话回答："这是×××"，说完后家长将这个水果拿起来再问："你喜欢吃×××？"宝宝："我喜欢吃×××"或"我不喜欢吃×××。"家长随后可以追加问宝宝："它是什么颜色的？""为什么喜欢？为什么不喜欢？"

（3）家长依次向宝宝询问其他水果。

（4）调换询问的对象，宝宝越来越棒了，能把自己喜欢的东西大胆地说给小猴子听，可是，小猴子说：'宝宝不喜欢的水果也要吃，这样身体才会不生病，健康地长大'。"

【游戏二】

● **游戏名称**：你说的我都会做。

● **训练目的**：能执行两个相关或不相关的指示。

● **训练方法**：

（1）和宝宝在一起做游戏，由家长说出几个动作指令，让宝宝按要求做动作。如："先学马儿跑，再学乌龟爬"，"先学奶奶走路，再学爸爸开汽车"，等等。

（2）要求宝宝执行下列指示："请你把小汽车放到玩具架上，再把爸爸的拖鞋拿来"，"请你把毛巾给奶奶，再将扫把送到厨房里去"。在说指令时，语言要慢，要求宝宝听完了、听懂了再去做。宝宝做对了事情，成人要及时鼓励。

 大动作发展

I. 大动作发展的规律

站：3岁（36个月），独脚站两秒。

踮脚尖走：3岁（36个月），踮脚尖走划线1米的全长。

跑：3岁，可以跑圈。

上下楼梯：3岁（36个月），交替脚下楼梯。

跳：31～32月，向前跳，双足同时起跳落地。

33～34月，跳过障碍，跳过两寸高的绳。

3岁（36个月），跳远，向前跳两寸。

2. 促进大动作发展的游戏

【游戏一】

- **游戏名称**：技能高手。
- **训练目的**：促进宝宝的体格发育，增强体力、平衡感和四肢协调，发挥运动能力。
- **训练方法**：

　　方法：骑三轮车。小三轮车的高矮、大小要适合宝宝的身体。在平地上妈妈用手扶稳小三轮车的车把，然后鼓励宝宝侧身一手扶着车把，一条腿从后迈上车座再到车的另一边，同时双手扶好车把，坐稳。双脚踏在车蹬上坐好，准备好骑车姿势。反复练习，最后不用妈妈扶车把，自己会熟悉上三轮车。选择空旷、平坦的地方，妈妈用语言指导宝宝。双足踏时，注意配合双手调节方向。身体的左右倾斜来平衡自己。给宝宝练习独自骑童车的活动环境。

【游戏二】

- **游戏名称**：脚跟脚。
- **训练目的**：训练行走的平衡能力和双脚协调运动的能力。
- **训练方法**：

　　方法1：妈妈和宝宝走直径3米的圆圈。妈妈选择一块平坦的地面，画上宽20厘米的圆圈，妈妈先示范脚踩线行走，然后妈妈引导宝宝走圆圈，开始时，妈妈可以牵宝宝的手带领走圈，逐渐将手松开让宝宝独立走圈。

　　方法2：双手扶物走　双手扶物，足尖对足跟向前走，长条桌子，拉开距离摆放，距离以宝宝能扶走为宜。桌间地面贴上一行小脚印，家长先示范，让宝宝手扶桌面，足尖对足跟向前走。随着宝宝能力的加强，逐渐可以转移到户外，妈妈拉着宝宝的手行走。逐渐达到独立进行足尖对足跟走。

　　方法3：贴脚印走　妈妈用即时贴做好6个小脚印的形状，然后将6

169

个小脚印在地上紧连的贴好，妈妈示范踩脚印前行，然后请宝宝模仿妈妈每一只小脚踩着地上的脚印一步紧换一步走2米（足尖对足跟走），熟练后再向后（倒退）走。

 精细运动发展规律

I. 精细运动发展规律

运动协调

31～36个月：用3块积木搭桥；

用4块积木搭一堵墙；

会画圆；

会叠纸；

能解纽扣。

2. 促进精细运动发展的游戏

【游戏一】

● **游戏名称**：灵巧小手。

● **训练目的**：促进宝宝的手眼协调和手指运动的灵活性，培养专注和耐心，同时练习手指的技巧和养成顺序做事的习惯。

● **训练方法**：

方法1：连线

妈妈事先在纸上用大头针每隔1厘米扎出一个针孔，从而形成一个简单图形，再引导宝宝在有孔的地方点上圆点，然后让宝宝用笔按点连接起来，看看纸上出现什么图案。游戏初期可以选择简单的几何图形，由简到繁逐渐演变成一些动物图案。

方法2：抠图

可以用市场上买的2～3岁幼儿用的抠图，也可以自制。用纸先画出图形，再用缝纫机沿轮廓扎孔，开成许多小洞，让宝宝去抠、去撕。告诉宝宝要仔细抠、慢慢撕，不要把图形抠坏和撕坏。要完整地抠出来、撕下来，然后做成作品展示。

方法3：剥香蕉。

妈妈准备两块手绢，预先用手绢折好一个手绢香蕉，跟宝宝一起剥香蕉。引导宝宝自己也做一个，妈妈一边示范，一边让宝宝一步一步跟着学习。

● **训练方法**：一块手绢边对边折，再边对边折成为小正方形，然后角对角折，注意整齐的角在下方，向上折，成为一个锐角三角形，两个锐角对折，拿住，这时可以一层一层剥香蕉了。

注意事项：培养宝宝有耐性，妈妈的演示要有步骤。

【游戏二】

● **游戏名称**：手指游戏。

游戏目的：练习手眼协调，培养宝宝手指灵活性和手腕的控制能力。

● **训练方法**：

方法1：十指对接。

家长做示范动作：让左右手指两两相对抵触对接，然后轻轻向内弯曲，形成一个空心球状，整体造型像一只桃子，再使用腕力前后翻转，好像一只球在滚动，宝宝做时要听家长的口令，指导宝宝完成。还可以把一只小球放到宝宝双手之间做前后旋腕动作。

方法2：赞一赞。

大家坐在一起做游戏，先有节奏拍手，然后一个小朋友说："×××，爱唱歌。"大家一起说："你——真——棒！"同时，握拳伸出拇指表示赞扬，也可以说："×××，爱清洁"、"×××，爱劳动"等，也可以分别练左右手，再双手同时练习，学会翘大拇指。

方法3：拇指游戏。

妈妈和宝宝分别在一只手的大拇指上节画上一个人的脸谱，一边说儿歌一边做动作，先握上拳头说："一个小朋友"——握拳伸出一个大拇指。"走出大门口"——边摇动大拇指边向前移动。"看见老奶奶"——妈妈同宝宝的大拇指对上"鞠躬问声好"——弯曲大拇指。最后一句的动作如果宝宝做得好，可以启发宝宝用另一只手扶着这个大拇指的下端进行练习，反复练习直至大拇指会独立伸出然后再练习另一只手，双手都会以后就可以自己边说边做游戏了，儿歌也可以自己创作。

方法4：5个好宝宝。

边说儿歌边做动作，练习巩固单个手指的灵活性。从曲伸动作开始先握拳，说：

"大拇哥"——伸出大拇指不动

"二拇弟"——伸出食指不动

"三姑娘"——伸出中指不动   } 同时用另一只手的食指分别点一下伸出的手指

"四小弟"——伸出无名指不动

"五妞妞"——伸出小指不动

"5个好宝宝"——伸开的五指左右摇一摇

"他们都是"——继续摇手

"好——朋——友"——说"好朋"两个字时，手不动，说"友"字时一下子就把五指合拢为拳头。

游戏再重新开始。

方法5：搓面条。

妈妈与宝宝面对面坐好，妈妈双手掌心用力交叉有节奏的揉搓：口里说儿歌，宝宝注意模仿妈妈双手动作，学习搓的动作儿歌："一二三，搓呀搓。搓搓搓，搓搓面条，你一碗，我一碗，吃到嘴里，香喷喷。"

 认知能力发展

1. 认知能力发展的规律

（1）能够认识2种以上的颜色：如红、绿等。

（2）能够认识基本的形状，如圆形、方形和三角形等。

（3）理解方位概念，如上下、里外、前后等。

（4）注意力集中时间逐渐延长到15分钟。

（5）常将想象与现实混淆，分不清楚想象与现实。

（6）会辩认长短、粗细。

（7）重复三位数。

2. 促进认知能力发展的游戏

【游戏一】

● **游戏名称**：认识数。

● **训练目的**：练习点数，了解简单的数量关系。

● **训练方法**：

游戏前，准备若干数量的葡萄干等食品，小碗两个。游戏时，成人和宝宝各拿一个小碗。成人数出1个葡萄干放在小碗中，让宝宝也数出1个葡萄干放在自己的碗中，成人数出两个葡萄干放入碗中，宝宝也数两个葡萄干放入自己的碗中。成人要不断变化数目，并让宝宝拿出相应数目的葡萄干，使他对数有所认识。

【游戏二】

● **游戏名称**：比比长和短。

● **训练目的**：发展比较能力和判断能力。

● **训练方法**：

游戏前，收集家中长的和短的东西，如吸管、铅笔、尺子、绳子等。游戏时，选出两个长短不一的吸管放在宝宝面前，告诉宝宝哪个是长的，哪个是短的，随后请宝宝指出长的一根吸管，反复练习。熟练后换两根长短不一的吸管，请他选出长的一根，选对了就大声赞扬宝宝，反复练习。熟练后，换用三根长短不一的吸管，请宝宝选出长的一根，这对宝宝来说则有些难度，家长应多些耐心，慢慢引导。随着宝宝能力的增长，可逐渐增加长短不同的吸管的数量，锻炼宝宝的

173

比较能力及判断能力。

 社会性发展

I. 社会性的发展规律

（1）表现出妒忌的情绪。

（2）害怕失败，对游戏中的失败常懊恼不已。

（3）对妖魔鬼怪等想象中强大的事物感到害怕。

（4）知道自己的性别一生不变，对"性"感兴趣，会问"为什么我没有小鸡鸡"，"我是怎么生出来的"这类问题。

（5）能够接受和妈妈的分离，喜欢和小朋友玩，但常有冲突。

（6）同伴交往中出现互补互惠的行为，如你跑时我追，你藏时我找。

（7）会使用一些新的社交技能来博得他人的喜爱、夸奖。

（8）爱问问题。

2. 社会性发展的教育指导

（1）认真回答宝宝的问题

宝宝有问题说明他有求知的渴望，如果您不耐烦地拒绝，会伤害宝宝的情感，他慢慢就不再问问题了，不问问题也就不愿意发现和思考了，求知欲就慢慢减弱。因此，您一定要尊重宝宝的提问，认真回答他的每一个问题。另外，宝宝的注意力持续时间较短，因此，每个问题不要回答太长，简短、正确地说一两句就行。

（2）帮宝宝建立自信

自我意识发展的重要任务是自我评价的发展，它直接影响宝宝的自信心。然而宝宝还小，他不会客观地评价自己的行为，他对自己的评价完全来源于成人的评价。比如父母夸他"聪明"、"礼貌"他就认为自己"聪明"、"礼貌",并尽可能地用行动来维持他"聪明"、"礼貌"的形象;同样,父母说他"没用"、"烦人",他就认为自己"没用"、"烦人",并因为自己"没用"而逐渐自卑,不愿尝试;或知道自己"烦人",要么封闭畏缩,不再"烦人";要么出于逆反,更加"烦人"。可见,"好孩子是夸出来的"还是挺有道理的。

（3）父母要适当示弱

宝宝特别害怕失败,不能忍受自己搭不好玩具或游戏时总输,因此,你们一起游戏时,您可适当地示弱,以满足宝宝的自尊需要和成功的渴望。比如搭积木,您的都倒了,他的还巍然屹立着;比赛钻桌子,您可没他灵巧;游戏时他是警察,您是倒霉被捉的小偷等。当然,示弱要有度,总被打败,给孩子提供的就是完全虚假的反馈了也不对,并且孩子可能看出您的伪装,他也会不开心;因此,你们都有赢有输,玩得有趣,宝宝的自信也逐渐"盛满"了。

婴幼儿保健专家提示

宝宝龋齿是怎么回事

龋齿是牙齿硬组织逐渐被破坏的一种疾病。发病开始在牙冠，如不及时治疗，病变继续发展，形成龋洞，终至牙冠完全破坏消失。龋齿发病因素是复杂的，预防龋齿要防治结合，要早发现、早治疗，又要控制新龋齿发生。预防龋齿重在口腔的清洁卫生，保护牙齿，以降低龋齿的发病率。

如何早期发现宝宝弱视和斜视

弱视是由于在视觉系统发育的可塑期（敏感期或关键期）进入眼内的视觉刺激不够充分，剥夺了形成清晰物像的机会和/或两眼视觉输入不同的物像（清晰的与模糊的）之间发生竞争，所造成的单眼或双眼视力发育障碍。一般矫正视力≤0.8，需要注意弱视，弱视表现为视力不好，但视力不好不一定是弱视，有3种可能：（1）正常眼，（2）有器质性病变眼，（3）弱视眼。

斜视是双眼不能同时注视一个物体，视轴发生分离的症状。幼儿时期斜视的发病率在2%～3%左右。5～6个月以前的婴儿偶尔会发生内斜视。但是在6个月后，儿童的双眼共视能力应该是发育得很好了。如果儿童有真性斜视，必须接受治疗。斜视和弱视可互为因果，相互影响，斜视的那只眼睛，通常是弱视。

新生儿眼球在大体解剖结构上已接近发育完全，但视力发育却需要经历相当长的过程，它要通过不断地从客观世界获得信息，才能在环境中定向，保持对客观世界的正常适应状态。这段时间在人类大致在8岁以前。我们称此阶段为视觉发育的敏感期，其中在两岁以前尤为重要，我们又特称其为视觉发育关键期。认识这两个时段很重要，因为在敏感期（特别是关键期）视觉的干扰将导致发育的异常。反过来，任何视力发育障碍也只能在这时段治愈，过期则疗效很差。这就是早期诊断、早期治疗的重要性所在。

宝宝弱视和斜视怎么办

弱视的人一般只有单眼视力，没有立体视觉，视野狭窄，不能从事需要精密视力的工作，如外科医生、电子装配、汽车或飞机驾驶等相关行业的工作。早期发现弱视，早期矫正，是挽救弱视眼视力的唯一办法，可使之恢复正常或接近正常。通过眼科视力检查可发现弱视，两只眼睛的视力差别很大。弱视眼睛的眼底镜检查也不会发现异常，利用矫正屈光镜片也不能改善孩子的视力。治疗弱视病因，首先应戴眼镜以改善屈光不正的弱视眼，手术矫正斜视或先天性白内障。非手术治疗的原则是覆盖健康眼睛，强迫孩子使用弱视眼，刺激视神经发育，锻炼弱眼视力。治疗开始时间须愈早愈好，一般在9岁左右停止。如果能够在5岁到6岁以前完成治疗，弱视眼睛的视力可望恢复至接近正常，同时防止出现永久性的视力障碍。

如果儿童有真性斜视，就必须接受治疗。儿童最常见的斜视是协调性斜视，发病于2到5岁之间，由于患儿患高度远视，在看近物时，眼睛超强度地会聚调焦，常一只眼发生内斜视。通过验光配镜，矫正弱视是可治疗这种斜视，其他麻痹性斜视可能需要手术矫正。

弱视与斜视治疗的关键是家长与儿童的配合，弱视治疗是一个长期的过程，可能是半年、一年或者是两年，这就很需要家长的配合：戴镜、遮盖、定期复查。

宝宝疝气是怎么回事

疝气是人体组织或器官一部分离开了原来的部位，通过人体间隙、缺损或薄弱部位进入另一部位。宝宝常见的有脐疝、腹股沟直疝与斜疝。疝气多是因为咳嗽、喷嚏、用力过度、过度啼哭等原因引起的。一旦发现疝气就应该找专业医生诊治，早期修补效果好。

宝宝被狗咬伤怎么办

被狗咬伤后应认真处理伤口，首先要把脏血挤出，别让血存在伤口里，否则容易引起感染。如果伤口小，则可以先用肥皂水清洗伤口，然后用清水冲干净，最后涂上一些碘酒。不论被咬伤的程度如何及伤口的大小，都要去防疫站接受必要的治疗，进行狂犬疫苗注射，医生会根据伤口的情况、咬人动物的情况综合起来进行系列必要的治疗。

本年龄段宝宝预防接种有哪些

3岁的幼儿应该接种流脑A+C疫苗。接种流脑疫苗要注意宝宝近期是否患过高热惊厥，如果近期患过此病，流脑疫苗就要缓种。此年龄段宝宝哮喘或其他过敏性疾病的发生率也相对较多，如果宝宝有过敏性疾病的发生，接种疫苗也要延迟。